Narratori Feltrinelli

Aki Shimazaki
Azami

Traduzione di Cinzia Poli

Titolo dell'opera originale
AZAMI

Traduzione dal francese di
CINZIA POLI

Prima edizione ne "I Narratori" ottobre 2020

Stampa Grafica Veneta S.p.A. di Trebaseleghe - PD

ISBN 978-88-07-03419-0

Azami

Scendo le scale guardando l'orologio. Sono le tre passate. Ho pranzato tardi nel ristorante al primo piano.

Stamani ho intervistato il signor L. per presentarlo ai lettori: terrà una rubrica di consigli sulla nostra rivista. Poi mi sono trattenuto in ufficio per trascrivere la registrazione. Il testo doveva essere pronto entro le due. Preso dal lavoro, mi ero proprio dimenticato di andare a mangiare.

Ho un'altra mezz'ora di pausa. Fisso il rivestimento in legno grezzo all'esterno del ristorante, pensando a come ingannare il tempo.

Imbocco i portici della strada commerciale; da lì posso tornare direttamente in ufficio. C'è molta gente perché sono iniziate le vacanze della *Golden-Week*.* Vago senza meta tra la folla.

* I termini in corsivo sono raggruppati nel glossario in fondo al volume. [*N.d.T.*]

Due donne di mezza età mi superano parlando sguaiatamente. Mi assale un profumo pungente. Hanno i capelli tinti all'incirca dello stesso colore violaceo. A giudicare dal loro aspetto inusuale, direi che sono entraîneuse di bar o cabaret. Entrano nel *pachinko-ten* in fondo alla fila di negozi alla mia sinistra. Il *pachinko* mi tenta, ma continuo a camminare.

Faccio qualche altro passo e mi fermo davanti a una vetrina. È un negozio specializzato in penne stilografiche di lusso. Me ne piace molto una nera, marca P.: se mia moglie sarà d'accordo, prima o poi vorrei comprarla.

Davanti a un negozio di dischi sento una canzone popolare degli anni settanta. Tendo l'orecchio, immobile. Mentre la ascolto mi torna in mente la ninnananna che mi cantava mia nonna, *Azami*.

Anche stasera, il tuo cuscino è bagnato di lacrime.
Chi sogni? Vieni, vieni a me.
Mi chiamo Azami. Sono il fiore che culla la notte.
Piangi, piangi fra le mie braccia. L'alba è ancora lontana.

Mi ridesto quando sento:

– Mitsuo.

Qualcuno sussurra il mio nome. Una voce maschile. Sarà una coincidenza. Faccio finta di niente.

– Kawano-*san*.

"È il mio cognome!" Mi volto verso la voce. Mi trovo davanti un uomo di statura e corporatura medie, con un paio di occhiali dalla montatura nera. La giacca elegante e la cravatta a righe attirano la mia attenzione. Rifletto: "Lo conosco?". Sembra mio coetaneo. Con la testa leggermente inclinata di lato, mi chiede:

– Sei Mitsuo Kawano, vero?

– Sì...

Resto perplesso di fronte a questo individuo che non solo mi conosce ma mi dà perfino del tu. Si presenta:

– Sono Gorō Kida. Eravamo compagni di classe alle elementari.

Esclamo subito:

– Ah, Gorō! Che sorpresa!

Sorride. E io penso all'invito che mi spedisce ogni anno. È lui a organizzare le riunioni degli ex alunni della scuola T. Non ci sono mai andato, però ricordo il nome di Gorō che compare sempre sul biglietto.

– Quanto tempo! dico. Più di vent'anni?

Precisa:

– Ventiquattro!

Rispondo stupito:

– È già passato tutto questo tempo? Incredibile!

Si guarda intorno come se osservasse la folla. Lo fisso:

– Come hai fatto a riconoscermi?

Si tocca la nuca:

– Poco fa eravamo nello stesso ristorante e ti ho seguito per accertarmi che fossi davvero tu.

Mi meraviglio: "Mi ha seguito?". Attento a tutte le mie reazioni, si scusa immediatamente:

– Perdonami, non intendevo essere indiscreto. Volevo solo salutarti.

Noto il suo sguardo furtivo. Sono curioso:

– Perché mi hai chiamato sussurrando?

– Tutti riconoscono il proprio nome quando qualcuno lo pronuncia. Se fossi stato davvero tu, ero sicuro che avresti risposto.

Rido mio malgrado:

– Interessante! Quando mi capiterà l'occasione proverò.

Gorō vorrebbe invitarmi a bere qualcosa. Do un'occhiata all'orologio:

– Mi dispiace, non sono in ferie. Devo tornare in ufficio fra un quarto d'ora.

Mi chiede:

– Che cosa fai?

– Lavoro per la rivista "N.".

– Certo, la conosco! È un buon periodico di attualità.

Sorrido.

– Sei giornalista?

– No, redattore.

Gli tendo il mio biglietto da visita. Esclama:

– Bello! Molte persone sognano di lavorare in un giornale.

Replico ridendo:

– Non è per niente bello! È un lavoro come tutti gli altri.

Tace. Anche lui mi dà il suo biglietto da visita. Mi colpiscono subito le parole "presidente" e "*sakaya* Kida".

Osservo:

– Adesso sei tu il presidente del *sakaya* Kida!

Annuisce fiero. Tutti conoscono questa azienda, che importa alcolici di prima qualità e distilla il proprio whisky. Ultimamente va molto bene. La rivista "N." ha proposto loro uno spazio pubblicitario, ma non ha ancora ricevuto risposta.

Gorō mi spiega:

– L'ho ereditata da mio padre. È morto cinque anni fa.

Gli occhi fissi sul biglietto, mi chiedo: "Allora è merito di Gorō se l'azienda è così fiorente?".

Sbalordito, alzo lo sguardo verso il mio ex compagno che continua a parlare.

– Oggi sono venuto in questo quartiere per incontrare il proprietario di un bar, un nostro cliente importante. Neppure per me ci sono vacanze, come per te.

Parliamo della famiglia. Ha una figlia di sei anni e un figlio di tre, io invece ho una bambina di sette anni e un bambino di quattro. Mi dice che sua moglie e i figli trascorrono la *Golden-Week* in campagna. Quando sente che anche i miei sono fuori, scherza:

– Allora siamo single! Bisogna approfittarne!

Devo andare. Gorō promette di chiamarmi presto. Ci dividiamo. Andiamo in direzioni opposte.

Davanti al *pachinko-ten* rivedo le donne che mi avevano superato poco fa. Continuano a chiacchierare a voce alta. I loro capelli violacei evocano il fiore dell'*azami*. Canticchio: "*Anche stasera, il tuo cuscino è bagnato di lacrime. / Chi sogni? Vieni, vieni a me...*".

Mi volto. Dopo l'incontro casuale con Gorō,

provo una strana sensazione. Capita di rado che pranzi fuori. Di solito mi porto un *bentō*, oppure mangio in mensa. Inoltre, era la prima volta che andavo nel ristorante dove mi ha visto Gorō. "Che coincidenza!"

Sbuco da sotto i portici della strada commerciale. Il cielo si copre, sta per piovere. Cammino a passo spedito.

Dopo una giornata sfiancante, arrivo finalmente a casa. Sono quasi le dieci e mezzo.

Ho sete e prendo una birra ghiacciata. Sul tavolo della cucina c'è il solito messaggio di mia moglie.

Tesoro, ti ho preparato il beef-stew *e un'insalata per stasera. Buon appetito! Spero che non berrai troppo. A sabato! Atsuko.*

Sorrido.

Mia moglie e i bambini sono partiti nel pomeriggio per la campagna, dove resteranno cinque giorni. Atsuko deve ripulire l'orto prima della semina. Ha ereditato la casa dal padre, morto tre anni fa di tumore al fegato. Il paese dista poco dalla città di M., in cui lei è cresciuta. Ci si arriva in auto in un'oretta.

Ad Atsuko piace molto coltivare verdure biologiche. Sta diventando un impegno sempre più serio e preferisce trascorrere in campagna il fine settimana e i giorni di festa. Ovviamente i bambini vanno là insieme a lei. Ogni tanto li raggiungo, soprattutto dopo l'uscita mensile della nostra rivista.

Entro in salotto. Sul tavolo vedo uno zainetto di mio figlio, è quello in cui tiene gli animali di plastica. Seduto sul divano scorro il giornale di oggi, soffermandomi sulle pagine di politica e di sport. Niente di particolare. Accendo il televisore, nemmeno lì c'è granché.

Torno in cucina, mangio l'insalata mentre aspetto che il *beef-stew* sia caldo.

In casa regna il silenzio assoluto. Mi mancano le voci vivaci dei piccoli. In campagna si divertiranno con i bambini del paese. Molto meglio così, perché nel nostro quartiere non hanno amici. Ieri ho promesso di portarli allo zoo Higashiyama.

Mentre vado a prendermi il *beef-stew*, squilla il telefono. È Atsuko. Mi chiede se ho già cenato. Rispondo che stavo per mettermi a tavola. È di buonumore, mi parla dell'orto che ha iniziato a ripulire dalle erbacce.

Le racconto dell'intervista di stamattina con il

signor L. Atsuko conosce questo esperto in consigli di vita e non vede l'ora di leggerla. Le dico anche dell'incontro casuale con Gorō Kida. Sa che è lui a organizzare le riunioni degli ex alunni della scuola T. Esclama:

– Dopo ventiquattro anni? È sorprendente!

Vuole sapere che lavoro fa Gorō. Colpita dal nome del *sakaya* Kida, la cui pubblicità imperversa sui giornali e in tv, mi fa domande sulla sua famiglia. Le ripeto le parole di Gorō. Nota:

– Un maschio e una femmina? Hanno più o meno la stessa età dei nostri figli! Tesoro, e se un giorno li invitassimo a casa nostra?

– Non saprei. Gorō e io non eravamo molto amici.

– Davvero?

Non insiste e cambia argomento:

– A proposito delle verdure biologiche...

– Sì?

– Mi piacerebbe coltivarle sul serio.

– Vuoi dire per venderle?

– Sì. Chiederò un prestito alla banca ipotecando questa casa. Che te ne pare?

– Sembri decisa! Che cosa posso dirti? In ogni caso mi fido di te. Fa' ciò che ritieni opportuno.

Atsuko continua a illustrarmi il suo progetto. Mi parla di una giovane coppia che vorrebbe collaborare con lei. Ascolto senza interromperla. Prima di riagganciare, mi prega di portarle lo zainetto che il bambino ha dimenticato sul tavolo del salotto.

Ceno tardi, poi mi faccio una doccia ed esco nel cortile sul retro.

Soffia una brezza leggera. Seduto sulla panchina, mi accendo una sigaretta. Il fumo vola via con il vento. Sono immerso nelle mie riflessioni, gli occhi rivolti al cielo senza stelle.

Siamo sposati da otto anni.

Anche Atsuko lavorava alla rivista "N.". Dopo aver studiato al *tandaï*, è stata per sei mesi all'ufficio commerciale. Siamo entrati in confidenza durante la cena d'addio di un collega. E un anno dopo ci siamo sposati; è stato allora che ha lasciato "N.".

È una donna forte e intelligente. Saggia e paziente, una madre straordinaria. Proprio ciò che desideravo in una moglie. I bambini, educatissimi, crescono sani e ne sono molto felice. Per il resto, è un'ottima casalinga e io posso dedicarmi al lavoro con grande serenità.

Ho orari lunghi e imprevedibili. Spesso rientro a casa tardi. Ciò nonostante Atsuko non si lamenta. Anzi, è fiera di ciò che faccio. Mi ascolta attenta, soprattutto quando parlo di un nuovo progetto sulla storia regionale. Sogno di fondare una rivista mia e lei mi incoraggia con sincerità.

Atsuko è socievole ed energica. Lavora part-time in un supermercato, sempre nell'ufficio commerciale. Inoltre, è presidente dell'Associazione dei genitori e dei docenti della scuola di nostra figlia. A quanto pare ha le necessarie capacità direttive. Visto l'interesse per la coltivazione delle verdure biologiche, non mi stupisce che desideri intraprendere un'attività in proprio.

Mia moglie e io andiamo molto d'accordo. Usciamo insieme: passeggiate, cinema, ristoranti, viaggi. Discutiamo con tranquillità dell'educazione dei bambini. Non abbiamo opinioni contrastanti o conflittuali.

A casa nostra sembra andare tutto bene.

Tuttavia, pur essendo ancora trentenni e in buona salute, siamo una coppia *sexless*. Sono quasi tre anni che non facciamo più l'amore.

Qualche mese dopo la nascita di nostro figlio l'avevo invitata a ricominciare, ma lei non aveva voluto, stanca della giornata. Niente di strano allora, perché il bambino era spesso raffreddato e piangeva di notte. Perdipiù, la bambina aveva solo tre anni.

A dire il vero mentre era incinta avevo frequentato il *pink-salon*, cosa che non avevo fatto durante la prima gravidanza. Quando l'ha saputo è sembrata molto turbata.

Nondimeno, dopo un po' di tempo finalmente avevamo ripreso a fare l'amore. Ero molto contento. Ma è durata poco. Stavolta per colpa mia. Il lavoro si faceva sempre più impegnativo e tornavo tardi a casa. Completamente spossato, crollavo non appena toccavo il letto. Abbiamo iniziato a dormire in camere separate, perché potessi riposare bene. Atsuko, da parte sua, diventava più madre che donna.

Resto pur sempre un uomo normale con le sue esigenze, quindi ho riiniziato a frequentare qualche *fūzoku-ten*, dei *pink-salon* e dei *video-box*. Semplice, comodo e rapido. Ci passo una mezz'ora, sempre dopo il lavoro. Non cerco avventure. Non ho conversazioni personali con le entraîneuse che si occupano di me. Per loro non sono altro che un cliente e scelgo solo i posti in cui è severamente vietato toccare le lavoratrici.

In tutta onestà, ne ho abbastanza di questi "servizi" sessuali nei *fūzoku-ten*. Mi procurano sempre più una sensazione di vuoto. Spesso mi chiedo se mia moglie e io riusciremo a risvegliare la nostra sessualità, come all'inizio del matrimonio. D'altro canto, siamo così abituati alla nostra vita attuale, in particolare alle camere separate, che non trovo il coraggio di affrontare l'argomento.

Il tempo scorre veloce. Non riesco a credere che siano passati già otto anni dal nostro matrimonio. Atsuko ha appena compiuto trentaquattro anni e io ne avrò presto trentasei. Siamo ancora troppo giovani per non fare sesso. Non avrei mai immaginato una cosa del genere.

Mi sveglio poco prima delle otto e mezzo. Sono solo in casa, ma non lo realizzo subito. Ho dormito molto e riposato bene: non mi capita spesso. Sbadigliando, ho davvero l'impressione di essere single.

È bel tempo. In campagna Atsuko starà facendo giardinaggio, mentre i bambini si divertono con gli amici del paese. Li raggiungerò domattina. È venerdì. Mi ronzano in testa le parole di Gorō: "Bisogna approfittarne!". Stasera andrò in uno dei soliti *pink-salon*.

Mentre faccio colazione leggo l'ultimo numero della nostra rivista. Scorro le pagine di cui sono responsabile. Sono articoli sullo zoo Higashiyama. Ho stabilito il piano di lavoro che il fotografo e il free lance hanno messo in pratica. Il risultato non è niente male. Mostrerò le foto ai bambini.

Quando arrivo in ufficio, la giovane centralinista mi informa che mi ha cercato il presidente del *sakaya* Kida, desidera che io lo richiami. Anche lei, come mia moglie, appare molto colpita dal nome dell'azienda. Non pensavo che Gorō si sarebbe fatto vivo così presto. Compongo il numero, seduto alla scrivania. Mi risponde una giovane voce femminile che mi passa il capo.

Senza preamboli, Gorō mi chiede:

– Sei libero stasera?

Un po' confuso, rispondo:

– Non esattamente. Finisco di lavorare verso le nove.

– Ma è perfetto! Andiamo insieme nel mio locale preferito.

"Andare in un locale?" L'invito mi tenta. Tuttavia rifletto: domattina non voglio svegliarmi con il mal di testa. Se arrivo stravolto, Atsuko mi rimprovererà. Stasera sarebbe meglio andare al *pink-salon*, anziché a bere. In fondo ne ho bisogno. Gorō aggiunge:

– È il bar X. Forse lo conosci.

"Il bar X.?" Il nome mi tenta ancora di più. Per giunta è vicino al mio ufficio. Mi piacerebbe, ma è troppo caro per un dipendente come me. Gorō aggiunge:

– Il bar è riservato esclusivamente ai soci e ai loro ospiti. Devi fare il mio nome all'entrata.

La reazione di mia moglie continua a preoccuparmi. Ma la voglia di accettare cresce. Ci ripenso: "Se torno a casa prima di mezzanotte non sarà un problema". Rispondo:

– È molto gentile da parte tua. Ti raggiungerò verso le nove e mezzo.

Mi metto al lavoro. Ho davanti una pila di carte da sistemare da ieri sera. Oggi devo correggere le bozze di un articolo sul castello di Okazaki. Guardando le foto immagino che i miei figli sarebbero molto contenti di visitarlo.

Penso all'invito di Gorō al bar X., inatteso come il nostro incontro di ieri. Mi sento a disagio: "Non abbiamo niente in comune. Di cosa parleremo?".

Gorō Kida non è qualcuno che desiderassi particolarmente rivedere. Se non fosse lui a organizzare le riunioni degli ex alunni, avrei dimenticato anche il suo nome. Non ho brutti ricordi, semplicemente non eravamo molto amici e non credo che lo diventeremo all'improvviso.

Ho fatto solo gli ultimi due anni di elementari alla scuola T. Era piccola e tutti si conoscevano fin dalla prima. Mi sono sempre sentito uno *yosomono*, quindi non provo alcuna nostalgia per quel periodo. Eccetto per Mitsuko.

Era arrivata l'ultimo anno. Molto diversa dagli altri, mi incuriosiva. Mi sembrava un tipo solitario. C'era in lei qualcosa che scoraggiava dall'avvicinarsi. Ripenso al suo sguardo malinconico. Mi invade una sensazione agrodolce.

Dopo la scuola non l'ho più vista. "Che cosa farà ora?" Se la memoria non mi inganna, sognava di diventare veterinaria o zoologa. Forse Gorō ha sue notizie, se per caso lei partecipa agli incontri, oppure se è rimasta in contatto con qualcuno della scuola T.

D'un tratto sono impaziente di andare al bar X. Non so come mai, ma il desiderio di recarmi al *pink-salon* è svanito.

Arrivo al bar X. alle nove e venti.

All'entrata mi accoglie un uomo con il papillon nero che mi chiede come mi chiamo. Gli rispondo che sono ospite del signor Gorō Kida. Con espressione impassibile mi accompagna all'interno. Mi sento subito intimidito: l'arredamento è sontuoso e tutti i clienti sembrano far parte del mondo degli affari o della finanza.

Sprofondato in un lussuoso divano imbottito, Gorō chiacchiera ridendo con un'entraîneuse. Quando gli annunciano il mio arrivo, si alza per salutarmi.

– Mitsuo! Che piacere rivederti!

Mi presenta alla giovane donna sorridente. Un profumo ammaliante mi sfiora le narici. Guardo il volto truccato, i capelli tinti di castano, l'abito scollato. Gorō la manda a prendermi un bicchiere di cognac. Racconta con orgoglio che è la sua azienda a fornire gli alcolici a questo bar. In fondo alla sala, un pianista suona con discrezione una melodia jazz.

Parlo sorseggiando il cognac.

– Mi dispiace non venire alle riunioni che organizzi.

Gorō risponde in tono comprensivo:

– Figurati! Siamo nel pieno della vita. Non è ancora il momento di farci prendere dalla nostalgia.

Ha ragione. Ammiro la sua disponibilità a organizzare ogni anno queste attività. Spiego:

– Non dipende solo dal lavoro. Non mi piacciono le feste in generale.

È di buonumore:

– Capisco perfettamente! Ognuno ha i suoi gusti. Per me è l'esatto contrario. Mi piace uscire in gruppo.

Da cinque anni Gorō organizza le riunioni delle elementari. Il primo invito mi fu spedito a casa della mia nonna paterna, dove abitavo quando frequentavo la scuola T. In quell'occasione gli feci avere il mio indirizzo di Nagoya. Ogni volta gli mando la risposta cerchiando la parola "assente", senza nemmeno pensarci. Ciò nonostante continua a scrivermi, come se volesse solo salutarmi.

– Gorō, in quanti vengono ogni anno?

Risponde con aria fiera:

– Circa quarantacinque!

Mi sorprende:

– Così tanti?

La città di T. si trova a una trentina di chilometri a ovest di Nagoya. Una città dormitorio abbastanza popolata. Nel periodo in cui ci vivevo era poco abitata e la scuola T. era l'unica elementare. Per gli alunni del mio anno c'erano due classi, non più di trenta allievi per una.

Gorō continua:

– Vengono soprattutto donne con figli ancora piccoli. Dei bambini si occupano alcune babysitter che chiamo a mie spese.

Sorrido ricordando le parole di mia moglie: "È un organizzatore scrupoloso! Immagino che le giovani madri lo apprezzino molto".

Non è cambiato. Era un bambino socievole e generoso. I compagni lo chiamavano "Gorō il gentile".

In verità era pigro, seppur dotato come me. Mentre io prendevo bei voti, lui era piuttosto mediocre. Nondimeno, l'ultimo anno lo avevamo scelto come presidente dell'Associazione degli alunni. Sono stupito che sia diventato un vero presidente, anche se ha ereditato la carica dal padre, e di un'azienda tanto florida per giunta.

Gorō parla di alcune donne che prendono regolarmente parte alle riunioni. A quel punto penso a Mitsuko: "Sarà mai andata, anche una sola volta?". Esito a chiedere.

– Quest'anno ho spedito cinquantasei inviti. Il numero è diminuito: sono già morti in tre, uno in un incidente e gli altri due di malattia.

– Chi?

Cita i nomi. Li ho in mente, ma ho solo un vago ricordo dei volti. Mi parla anche dei lavori dei nostri compagni: infermiere, insegnante, cuoco, ingegnere, tassista. La maggior parte delle donne è a casa perché ha figli ancora piccoli. Lo ascolto pensando: "Anche Miksuko avrà dei bambini". Ma Gorō non la nomina mai.

Rallegrato dal cognac, Gorō continua a chiacchierare. Parla con orgoglio della sua grande azienda di alcolici e della distilleria di whisky. È interessante, ma soffoco gli sbadigli. Sono già le undici e quaranta. È ora di andare. Domattina dovrò aiutare Atsuko a pulire il fienile.

Finisco il bicchiere. Proprio allora vedo un'entraîneuse molto affascinante avvicinarsi al tavolo centrale, dove beve un gruppo di uomini. Si siede fra due clienti dall'aria colta. Li raggiunge un'altra donna in kimono.

Osservo l'entraîneuse. Il volto truccato spicca come se fosse sotto i riflettori. Ha i capelli lunghi e la frangia le copre la fronte fino alle sopracciglia. Ha una chioma nerissima. Non riesco a immaginare quanti anni abbia, ma sono sorpreso dall'atmosfera misteriosa che la circonda.

Gorō si volta nella stessa direzione. Sussurra:

– È bella!
– Davvero!
– La conosci?
– Sì. E anche tu.
"Come?" Esclamo:
– Stai scherzando! Chi è?
Abbassa la voce:
– È Mitsuko.
Ho una stretta al cuore:
– Mitsuko?
– Sì. Mitsuko Tsuji, la nostra compagna alla scuola T. La ragazzina arrivata l'ultimo anno. Ti ricordi?
Sono allibito: "Mitsuko è diventata un'entraîneuse!". Gorō mi squadra come se fosse interessato alla mia reazione. Resto in silenzio. Ripete:
– Ti ricordi?
Balbetto:
– Ce... certo. È stata il mio primo amore.
Sgrana gli occhi. A quanto pare, non se l'aspettava.
– Sul serio?
– Sì. Ma purtroppo il sentimento non era corrisposto.
Ride. Imbarazzato, chiedo di nuovo:
– È davvero Mitsuko?
Annuisce due volte, lentamente:

– Me lo ha garantito il proprietario.

Non so cosa dire. Gli affiora un sorriso ironico:

– È cara, molto cara.

Non reagisco. L'aggettivo "cara" mi disturba, come se sporcasse il bel ricordo che ho di lei. A detta di Gorō, lavora in questo bar da due anni, ma solo il venerdì. Il suo commento mi risuona in testa. "È cara, molto cara."

– Le hai già parlato?

– No, dice. Non ha mai risposto agli inviti alle nostre riunioni. Si offenderebbe se le rivolgessi la parola, soprattutto qui.

– Dove abita?

– Non saprei. Non danno informazioni sulle ragazze che lavorano nel locale.

Sono curioso:

– Allora per invitarla come fai?

– Scrivo a suo padre, che vive ancora a T. È l'indirizzo che si trova sull'elenco telefonico.

Ricordo che i genitori di Mitsuko erano divorziati e all'epoca lei viveva con il padre. Ancora distratto, mi volto verso il suo tavolo. Conversa seriamente con gli uomini e la giovane donna in kimono li ascolta annuendo. A quel tavolo regna un clima particolare, diverso.

Dopo un po' Mitsuko si alza e si dirige al

bancone. L'abito azzurro e attillato le aderisce perfettamente al corpo proporzionato. Non ha ancora trentasei anni. Ne dimostra ventisette, al massimo ventotto, molti meno di mia moglie.

– Il suo *genji-na* è unico, dice Gorō.

Non reagisco. Mi ci è voluto qualche secondo per cogliere la parola *genji-na*, che non mi è familiare.

– Qui la chiamano Azami.

– Azami!?

Sono stupito. La chiamavo così nel mio diario. "Che coincidenza!" Ripeto dentro di me: "Azami...". Mi torna in mente la ninnananna di mia nonna:

...Chi sogni? Vieni, vieni a me.
Mi chiamo Azami. Sono il fiore che culla la notte.

Gorō aggiunge:

– Come ben saprai, le entraîneuse non usano il loro vero nome.

Alla fine mi decido a parlare:

– Che cosa significa "è molto cara"?

A braccia conserte, Gorō puntualizza:

– Qui è considerata un'entraîneuse speciale, gli intellettuali la adorano. I clienti sono sorpresi dalle sue conoscenze di politica, letteratura e storia. Parla bene inglese e spagnolo. Conosce addirittura la lingua dei segni.

Esclamo:

– Impressionante!

– Ovviamente, chi vuole sceglierla deve pagare molto.

Gorō ha sottolineato la parola "sceglierla". Balbetto facendogli un'altra domanda:

– Mitsuko... si prostituisce?

Mi guarda con la coda dell'occhio, accenna un sorriso:

– Nessuno sa niente della sua vita fuori dal bar. Ma chi viene in un posto del genere senza sperare in qualche avventura? Le entraîneuse, anche se d'alto bordo, rimangono entraîneuse.

Il suo tono ha sempre una sfumatura beffarda. Demoralizzato, smetto di fare domande. Mi informa che i due uomini di cui si sta occupando Mitsuko in questo momento sono uno storico e uno scrittore, entrambi piuttosto noti.

Gorō cambia argomento quando la cameriera ci porta altri due cognac. Comincia a parlare dei fatti suoi. Lo ascolto distrattamente. Penso alla possibilità di incontrare Mitsuko in privato.

Nonostante tutto il cognac che ho bevuto al bar X., ho molta sete.

È già l'una di notte. Dopo una doccia veloce, cerco di addormentarmi appena possibile: ho promesso a mia moglie di arrivare in campagna prima delle nove. Tuttavia, non riesco a prendere sonno.

Ho ancora sete. Vado in cucina. Bevo un po' d'acqua fresca, provando una sensazione strana. Ieri, quando Gorō mi ha invitato al bar X. per telefono, non ha fatto riferimento a Mitsuko. E durante la serata non ha parlato di lei nemmeno mentre evocava i nostri compagni. Mi ha svelato la verità solo alla fine, quando ho notato una bella entraîneuse.

Uscendo dalla cucina, mi torna in mente l'album della scuola T.: lo conservo nel ripostiglio. Lo avevamo ricevuto durante la cerimonia di consegna dei diplomi. Ho molta fretta di rivedere la foto di Mitsuko da ragazzina. Sono sempre più sveglio. Invece di tornare a letto, scendo nel ripostiglio per sfogliare l'album, è in fondo a una scatola di cartone insieme al diario che tenevo allora.

Le foto sono divise in due sezioni: le classi A e B. Gorō, Mitsuko e io eravamo nella B. Cerco subito le pagine della nostra classe. La prima foto è quella di gruppo con tutti gli alunni, il nostro maestro, il signor N., e il direttore della scuola. Io sono al centro della terza fila. Non riconosco subito Gorō.

"Dov'è Mitsuko?" Le femmine sono raggruppate nella prima e nella seconda fila. La cerco. Stranamente non la vedo. "Com'è possibile?" Scruto di nuovo con attenzione il volto di ognuna, invano. Conto gli allievi. Sono ventisette. Mi ripeto: "Ventisette?". Se la memoria non mi inganna, eravamo ventotto.

Osservo le altre foto continuando a sperare di trovare Mitsuko. Le foto della gita scolastica, della conferenza, del falò, della presentazione di fine anno. Non c'è mai. "Mancava ogni volta che c'era il fotografo? È incredibile..."

Nell'ultima pagina dell'album sono riportati i nomi e l'indirizzo di ogni allievo. Mitsuko non c'è nemmeno lì. Bizzarro. Il fatto che mi sorprende di più è non aver notato prima questa anomalia. Capisco perché Gorō le spedisca gli inviti all'indirizzo del padre preso dall'elenco telefonico di T.

Guardo la penultima pagina, quella in cui gli alunni hanno scritto cosa sognavano di fare da grandi. Neppure lì c'è traccia di Mitsuko. Ho un sospetto: "Se non c'è, non può essere un caso".

Leggo sconcertato ciò che avevo scritto: *Il mio sogno è diventare cameraman*. Sorrido mio malgrado. Tutt'altro rispetto al mio attuale lavoro. Per curiosità leggo anche il desiderio espresso da Gorō: *Voglio diventare* kyōju. Rido: "Questa poi è bella!". Era pigro, ma molto ambizioso: fare il rettore all'Università.

A Mitsuko piacevano gli animali.

A scuola avevamo conigli e galline in un pollaio. Doveva occuparsene la nostra classe, ma nessuno voleva farlo, eccetto Mitsuko. Arrivava presto al mattino, puliva il pollaio e dava da mangiare agli animaletti. Una volta le chiesi cosa volesse fare da grande. Mi rispose: "Vorrei diventare veterinaria o zoologa".

Il suo lavoro di oggi non ha niente a che vedere con quello dei suoi sogni. È un peccato. Il maestro ci ripeteva spesso il proverbio: "Non esistono mestieri sciocchi, solo gente sciocca". Continuo a crederlo. Ma quale bambina sogna di diventare entraîneuse?

Chiudo l'album pensando che un giorno vorrei davvero rivederla. Mi piacerebbe sapere che cosa è successo durante la gioventù di quella ragazzina così brillante.

Scendo dal treno locale su cui ero salito alla stazione di M. Davanti a me si estendono le risaie colme d'acqua nelle quali presto sarà trapiantato il riso.

Atsuko viene a prendermi in macchina. Ha il viso leggermente abbronzato. Ci salutiamo con gentilezza. Dice che i bambini sono a casa con la nonna, arrivata ieri sera. Mia suocera vive da sola a M.

Non appena mi siedo accanto a lei, mia moglie mi domanda:

– Dov'eri ieri sera? Ti ho chiamato verso le dieci.

Parla con tono calmo ma freddo. Le rispondo sbadigliando:

– Ero al bar con Gorō. Mi ha invitato all'ultimo momento.

– Gorō? Il presidente del *sakaya* Kida?

Sbadiglio di nuovo:

– Eh, già. E il bar è così caro che non mi sognerei di andarci senza essere invitato.

Finalmente le strappo un sorriso:

– Lo spero bene, tesoro!

Evito di raccontarle di Mitsuko. Di certo la storia della mia ex compagna di classe la incuriosirebbe, in particolare sapere che è entraîneuse in un locale e che non compare nell'album di classe. Perché mai dovrei menzionare una donna bella e sensuale, che per qualche imprecisato motivo desidero rivedere?

Atsuko mi propone ancora una volta:

– E se invitassimo Gorō e la sua famiglia? I nostri figli e i suoi si divertirebbero insieme.

Rispondo come l'altro giorno:

– Magari. Vedremo.

Mi chiede se ho portato lo zainetto del bambino con gli animali di plastica. Sorrido: "Certo!".

La macchina avanza sul sentiero che serpeggia fra i campi.

Atsuko racconta dei figli e della madre che la aiuta molto occupandosi di loro. Mi parla anche del suo progetto di coltivare verdure biologiche, che sembra ben avviato. Pur essendo molto presa dai suoi impegni, non dimentica di informarsi del mio lavoro.

– Non vedo l'ora di leggere il tuo articolo su L. che darà consigli ai lettori. Quando sarà pronto?

– Presto, nel prossimo numero. Ho avuto io l'idea di chiamarlo a collaborare con la rivista.

– Buona scelta, tesoro. Dà ottimi consigli di vita. Sono sicura che riscuoterà molto successo fra i lettori, in particolare fra le donne. Sono fiera di te!

È sempre ottimista e propositiva, e gliene sono grato. Aggiungo che ho scattato io la foto che illustrerà l'articolo. È sovreccitata:

– Ma sei anche un fotografo! Che bello! Spero che compaia il tuo nome.

Rido ricordandole che faccio parte della redazione e l'anonimato rientra nel nostro lavoro, soprattutto da "N.". Nessuno cerca di attirare l'attenzione.

– Peccato, tesoro!

Continuo:

– Siamo come i macchinisti a teatro. È il mio lavoro, cara, mi piace. Se fossi egocentrico come gli scrittori, non sarei lì.

– Sì, hai proprio ragione!

La strada non è più costeggiata dai campi. Ora entriamo nel paese, stretto fra due montagne. Gli alberi verdeggianti. I fiori selvatici ovunque. Nel cielo limpido passa uno stormo di uccelli. Il sole d'inizio estate risplende.

Mia moglie ama la campagna e la natura, come la maggioranza delle persone. Io invece sono un tipico cittadino. Stare troppo a lungo nella casa di campagna mi mette a disagio. Del resto, l'ha ereditata mia moglie. La sua famiglia trascorreva lì le vacanze. Non riesco ancora a sentirla mia.

Atsuko guida molto bene. Canticchia di buonumore. Una melodia terzinata. Mi viene spontaneo tenere il tempo mentalmente. Ripenso ancora una volta alla ninnananna di mia nonna:

Anche stasera, il tuo cuscino è bagnato di lacrime.
Chi sogni? Vieni, vieni a me...

Do un'occhiata a mia moglie che muove la testa al ritmo della melodia. Rifletto distratto: "Ricominceremo a fare l'amore?".

Dopo un quarto d'ora arriviamo a casa. Scendendo dall'auto, Atsuko mi chiede:

– Indovina qual è la pianta che coltivo di più.

– Non saprei. Forse gli spinaci?

– No. Ho scelto la bardana.

– La bardana?

– Sì. Non è facile da coltivare. Sarà una sfida, ma c'è molta richiesta. Sai com'è fatto il fiore?

– Il fiore della bardana? Non l'ho mai visto.

Atsuko mi spiega sorridendo:

– Somiglia molto a quello dell'*azami*. È altrettanto bello, ma ha molte più spine.

Confuso, le guardo il viso leggermente abbronzato.

Sono passate due settimane dalla serata trascorsa al bar X.

È venerdì. Sono in ufficio. Mia moglie e i bambini sono già partiti per la campagna. Li raggiungerò domani dopo il lavoro. Visto che stasera sono libero, decido di invitare Gorō a bere. Credo che sarà l'ultima volta che usciamo insieme. In fondo non è il tipo di amico che fa per me e non ho voglia di frequentare la sua famiglia.

Lo chiamo verso le sei per proporgli di andare nel mio *izakaya* preferito. Accetta subito:

– Nove e mezzo? Volentieri!

Nell'*izakaya* il mio compagno di un tempo mi sembra meno superbo di qualche giorno fa al bar X. Fa caldo. Seduti al bancone, ordiniamo due birre. Gorō mi dice:

– Domenica scorsa c'è stata la riunione di classe che avevo fissato per quest'anno.

– Davvero? Eravate tanti?

– Sì, quarantasette. Come sempre, la maggioranza erano casalinghe. E stavolta è venuto anche il signor N., il nostro maestro dell'ultimo anno di elementari.

– Il signor N.? Mi piaceva molto. Era un bravo insegnante.

– Proprio così. Ovviamente ha chiesto notizie degli ex alunni assenti, come te. Gli ho raccontato che cosa fai ed era contento.

Mangiando una sardina grigliata, domando:

– Ti ricordi che cosa avevi scritto sull'album?

Mi guarda, gli occhi sgranati:

– Quale album?

– L'album che ci consegnarono alla fine dell'anno. Alla pagina "il lavoro dei miei sogni" avevi scritto: *Voglio diventare* kyōju.

– Sul serio?

Sorride amaramente. Lo punzecchio:

– Eri già ambizioso! Non un semplice professore universitario, ma un *kyōju*!

– Ero troppo giovane, non avevo idea.

Mi spiega che il suo zio preferito era *kyōju*, era un modello per lui. In realtà Gorō ha studiato economia e ha cominciato subito a lavorare nell'azienda del padre.

– E tu, Mitsuo, che cosa avevi scritto nell'album?

Confesso, un po' infastidito:

– *Il mio sogno è diventare cameraman.*

Scoppia a ridere:

– Cameraman? È molto diverso da redattore!

Penso a Mitsuko. Immagino che il signor N. sappia perché non compare nell'album. Alla fine, affronto l'argomento:

– Riguardo a Mitsuko...

Gorō mi guarda, curioso:

– Sì?

– L'altro giorno, al bar X., sono rimasto molto sorpreso. Perché è diventata un'entraîneuse. Era un'allieva brillante.

Replica in tono secco:

– Perché mai? L'entraîneuse è un lavoro come un altro. Guadagna e paga le tasse come tutti.

– È lo stesso un peccato. Da ragazzina sognava di fare la veterinaria o la zoologa.

Pensoso, sorseggia la birra senza reagire. Torno con la memoria a quei tempi. Se ricordo bene, lui e Mitsuko non erano amici.

– Gorō, sai perché non compare mai nell'album?

Mi fissa con aria sbalordita. Proseguo:

– Non ho trovato la sua foto, né il nome o l'indirizzo.

Posa il bicchiere sul bancone, mangia un pezzo di pollo fritto. Aspetto che risponda. Finalmente parla:

– Alla riunione qualcuno lo ha chiesto al signor N., ma lui ha risposto in modo evasivo.

Sono deluso. Sempre in tono secco, aggiunge:

– Domandalo direttamente a Mitsuko.

Sospiro: "Tornare al bar per rivederla? Costa troppo". Gorō continua:

– A proposito, all'ultima riunione qualcuno mi ha detto che Mitsuko lavora in un caffè.

Mi chino verso di lui:

– Come cameriera?

– Sì. È il caffè M. sotto i portici della strada commerciale, quella in cui ci siamo incontrati. Ma a quanto pare nessuno sapeva che fa anche l'entraîneuse in un locale di lusso.

"Cameriera in un caffè ed entraîneuse in un locale?" Non credo alle mie orecchie. Gorō accenna un sorrisetto di sbieco:

– Lei, come noi, oggi fa un lavoro molto diverso da quello che sognava un tempo. Anche se in fondo pure gli uomini sono bestie.

Distolgo lo sguardo. Il termine "bestie" non mi piace per niente. Cerco di capire per quale motivo Gorō mi abbia invitato al bar X. "Forse per farsi beffe di Mitsuko, ex compagna brillante finita a fare l'entraîneuse?" Sono pentito di avergli confessato che è stata il mio primo amore. Sarà davvero l'ultima volta che esco con lui. D'un tratto mi avverte:

– Se mai incontrassi Mitsuko, non farle il mio nome.

Taccio. L'immagine sensuale di Mitsuko mi assale. Il mio corpo è morso dal desiderio. Non appena lascio Gorō, voglio andare al *pink-salon*.

È sabato. Lavoro in ufficio come sempre. Dopo le cinque andrò in campagna dalla mia famiglia, partita già ieri.

È quasi l'una del pomeriggio. Finisco di redigere un testo su un tempio thailandese nella città di Nagoya. Mi affascina presentare qualcosa di unico, non distante da casa nostra. Soddisfatto del testo, penso alla pausa pranzo. Mi telefona Atsuko:

– Tesoro, ho dimenticato di prendere la macchina fotografica.

Le prometto che gliela porterò io.

Non ho il *bentō*. Oggi la mensa è chiusa, ma ci sono alcuni distributori automatici. Scelgo un panino e una bibita fresca. Uscendo dall'ufficio, all'improvviso mi viene in mente di andare al caffè M., dove a quanto pare lavora Mitsuko.

Imbocco i portici della strada commerciale.

In tabaccheria chiedo alla signora se conosce il caffè M. Con mio stupore, vengo a sapere che è nello stesso edificio del *pachinko-ten*, a due passi dal luogo in cui ho incontrato Gorō. Lo raggiungo in un soffio. L'ambiente tipicamente familiare non ha niente a che vedere con il lusso del bar X. Salgo le scale.

È un caffè ampio e luminoso, con finestroni su tutte le pareti. I clienti sono abbastanza numerosi e l'atmosfera è molto animata. Diverse cameriere in divisa vanno e vengono fra i tavoli. Hanno i capelli tinti di castano, si somigliano tutte. Sono giovani, forse appena ventenni. Mi guardo intorno, cercandone una con i capelli lunghi e neri. Purtroppo, nessuna ricorda Mitsuko. Sono deluso: "Magari un altro giorno".

Seduto a un tavolo d'angolo, ordino un piatto di spaghetti e un caffè. Ho davanti un gruppetto di tre donne che mangiano dolci. Chiacchierano allegramente di film. Continuo a osservare le cameriere.

Mentre bevo il caffè, il gruppetto si alza. Consulto l'orologio. Devo tornare in ufficio.

Appena prendo il conto mi passa accanto una cameriera. Si dirige al tavolo in cui era seduto il gruppetto. Comincia a togliere le tazze. La vedo solo di profilo. Il mio sguardo è catturato dai lunghi capelli neri raccolti in uno chignon. "È Mitsuko!"

Occhi bassi, non mi nota. Sussurro come Gorō ha fatto con me qualche giorno fa:

– Mitsuko.

Ferma la mano, vedo il suo profilo immobile. Sussurro di nuovo:

– Tsuji-*san*.

Stavolta gira la testa verso di me, piano. Mi squadra diffidente. Mi alzo e mi avvicino.

– Sei Mitsuko Tsuji, vero?

È chiaramente sorpresa che uno sconosciuto le si rivolga dandole del tu, com'era successo a me con Gorō. Mi fissa con aria interrogativa senza proferire parola. Mi presento:

– Sono Mitsuo Kawano. Eravamo nella classe del signor N., alla scuola T.

Sgrana gli occhi. Posando le dita sulle labbra, esclama:

– Ah, Mitsuo!

I suoi tratti si addolciscono. Questo mi tranquillizza. Cerca di capire, com'era capitato a me con Gorō:

– Come hai fatto a riconoscermi?

Mento, ricordando l'avvertimento di Gorō:

– Per puro caso.

Replica subito:

– Davvero? A quei tempi avevamo solo dodici anni. Non è facile riconoscere una persona dopo più di vent'anni.

Preciso:

– Ventiquattro!

Sussurra, con aria ancora sorpresa:

– Comunque, è incredibile...

Le fisso il volto struccato. È molto più bella di quando l'ho vista al bar. Le osservo la nuca bianca, su cui ricadono alcune ciocche di capelli neri. Lancia un'occhiata alla cucina, da cui esce un uomo:

– C'è il capo. Mi dispiace, devo andare.

Prende il vassoio pieno di tazze da caffè e piatti con le briciole dei dolci. Le tendo il mio biglietto da visita:

– Se ti va, chiamami a questo numero.

Legge il biglietto e mi fa la stessa domanda di Gorō:

– Sei un giornalista?

Il tono non è più amichevole. Rispondo:

– No. Sono un redattore.

– Ah, bene...

Infila il biglietto nella tasca del grembiule.

– Mitsuko, non sei cambiata.

Spalanca gli occhi:

– Che cosa vuoi dire?

– La tua bellezza e l'aria misteriosa. Sei sempre attraente.

Tace. Il sorriso è scomparso dalle sue labbra. Confesso:

– Sei stata il mio primo amore.

China lo sguardo. Ha le ciglia e le sopracciglia nerissime, come i capelli. Di tanto in tanto sbatte le palpebre come se parlasse tra sé. Una giovane cameriera si avvicina. Chiama Mitsuko indicando il tavolo a cui ero seduto:

– Tsuji-*san*! Può liberare subito quel tavolo? Una coppia vorrebbe sedersi lì.

Quando se ne va, Mitsuko mi dice sottovoce:

– Redattore è perfetto per te. Meglio di cameraman.

Il treno fila in mezzo alla pianura di Nōbi.

Il sole splende. Dal finestrino, contemplo i campi coperti d'acqua che si estendono a perdita d'occhio. È il periodo della semina del riso. Cappello di paglia in testa, gli agricoltori trapiantano a mano i germogli nella terra umida.

Il paesaggio mi ricorda una gita scolastica. Faceva parte del corso di scienze. Il signor N. ci aveva portati in una risaia e avevamo trapiantato i germogli insieme ai contadini. Quel lavoro, che non conoscevo, mi aveva divertito e affascinato.

Il treno arriva a M., dove è nata mia moglie. È una graziosa cittadina d'arte; qui prenderò il treno che mi porterà in paese.

Il treno locale passa lento fra le montagne. Lungo la ferrovia crescono fiori selvatici. Fra i colori variegati spicca il rosso violaceo. Vorrei scattare delle foto. E proprio in quel momento mi accorgo di non aver preso la macchina fotografica. “Accidenti! Atsuko ci resterà male.”

Penso a Mitsuko.

Le mie parole mi stupiscono: “La tua bellezza e l’aria misteriosa. Sei sempre attraente”. Mi sono venute spontanee, come se fossero uscite dall’inconscio. Stranamente, non le ho fatto le solite domande: “Dove abiti?”, “Sei sposata?”, “Hai figli?”. E lei non le ha fatte a me.

Il contrasto fra il suo viso quando è al naturale e quando è truccato mi turba, come le due acconciature diverse: la fronte libera o coperta, i capelli raccolti in uno chignon o che le ricadono sulla schiena. Identica impressione per l’abbigliamento: una banale divisa o un abito lussuoso. Se guardassimo alcune sue foto con queste due mise totalmente differenti, non crederemmo di avere di fronte la stessa persona.

Al caffè M. il suo portamento stona con l’ambiente familiare animato e luminoso. Rivedo i suoi capelli neri e naturali, la pelle vellutata, l’aria malinconica... e la nuca che sprigiona una sensualità indescrivibile. Questa immagine mi ricorda una bella donna su uno *ukiyo-e*. In effetti, Mitsuko è misteriosa.

Penso al suo *genji-na* al bar X., Azami. Lo stesso nome con cui la chiamavo nel mio diario quando ero ragazzino. Se lo sapesse, ne sarebbe stupita. Era una mia invenzione, il mio segreto. Per quale motivo si è scelta questo soprannome? Sono proprio curioso.

L'*azami*. Con la sua forma particolare e il colore violetto, penso che questo fiore sia unico. Non viene regalato perché ha spine appuntite sulle foglie. Un fiore non docile.

Non sono un donnaiolo. Prima del matrimonio ho frequentato diverse ragazze una dopo l'altra, ma non ho mai tradito. E quando ho deciso di sposare Atsuko mi è sembrato naturale restarle fedele. Anche se siamo diventati una coppia *sexless*, non cerco un'altra donna.

Dopo la ricomparsa di Mitsuko, però, il mio cuore non è in pace. Mi torna di continuo in mente la sua immagine sensuale. Aspetterò con impazienza che mi chiami. D'altro canto, sento che forse sarebbe meglio se non lo facesse.

Il treno entra nella stazione del paese. Il sole sta già tramontando. Telefono a mia moglie. Mi siedo su una panchina e mi accorgo di aver dimenticato a casa anche l'ultimo numero della rivista "N.", quello con le foto sullo zoo Higashiyama che avrei voluto far vedere ai bambini.

Stavolta Atsuko viene a prendermi in macchina con nostra figlia. Il bambino è rimasto a casa con la nonna.

– Papà, dice mia figlia orgogliosa, ho lavorato tutta la mattina!

Mi incuriosisce:

– Hai lavorato? Che cosa hai fatto?

– Ho trapiantato il riso! Ho riseminato le piantine cantando con tutti gli altri!

Le accarezzo la testa, molto contento: – Brava!

Atsuko mi spiega che i vicini l'hanno portata nel campo con i nipotini. Eccitata, racconta la nuova esperienza agricola. Parlo a mia moglie:

– Le tue cose procedono bene?

– Sì, benissimo, tesoro. In verità ho una buona notizia.

– Dimmi.

– Sono riuscita a ipotecare la casa a un tasso interessante. Per prima cosa comprerò un furgoncino. È necessario, non trovi?

– Certo.

Mi chiede se ho portato la macchina fotografica. Mi scuso molto imbarazzato per la dimenticanza. Mi guarda negli occhi:

– È difficile che scordi una promessa.

Taccio. Benché delusa, resta di buonumore e mette in moto. Mia figlia canta: – *Piantiamo,*

piantiamo i germogli di riso... Il sole sorride, sorridiamo... Aspettiamo, aspettiamo le onde verdi...

È la canzone della semina del riso che le ha insegnato l'anziana coppia di vicini.

Sua madre la segue. Una domanda mi attraversa la mente: "C'era Mitsuko, quando facemmo la gita alla risaia?".

Il tempo passa senza alcuna notizia da parte di Mitsuko.

È già metà luglio. Fra una settimana i bambini inizieranno le vacanze estive.

Sul biglietto da visita che ho dato a Mitsuko ci sono due numeri della rivista "N.": il numero della reception e quello del mio ufficio. Gorō ha chiamato il primo. Se vorrà chiamarmi, Mitsuko sceglierà di sicuro l'altro.

Cerco di non pensare più a lei. Se non mi telefona, significa semplicemente che non ha voglia di rivedermi. Tutto qua. Rinuncio anche all'idea di tornare al caffè M. Non vorrei infastidirla con la mia presenza. Stessa cosa al bar X. Anche perché è troppo caro per me. E semmai Gorō dovesse invitarmi, non ci andrò. Ora che mi ha rivisto in faccia, se ci tornassi le riserverei una spiacevole sorpresa.

"La curiosità è una brutta bestia." Sono sposato. Devo stare attento, devo tenermi alla larga da una donna bella e sensuale come Mitsuko.

A casa nostra sembra andare tutto bene.

Mia moglie ha già dato le dimissioni dal supermercato e va in campagna ogni giorno, guidando il nuovo furgoncino. Eccitata per il suo progetto, lavora sodo con la giovane coppia che ha assunto. Nel fine settimana si trattiene là insieme ai bambini. Essendo troppo presa dal lavoro, la sera non mi telefona più. In compenso, quando la raggiungo parliamo molto.

I miei figli sono in buona salute. La femmina si impegna tanto a scuola e il maschio si diverte alla materna. La mattina mia moglie esce presto, quindi ora li porto io a scuola, a cinque minuti di auto da casa.

Faccio colazione con i bambini. Chiacchierano senza posa. Mi raccontano cosa è successo il giorno prima, mi parlano delle maestre, dei compagni, della gentile baby-sitter che bada a loro finché non torna la mamma, di solito intorno alle sei. Sono momenti preziosi per noi, perché la sera, quando rientro, li trovo già a letto.

Anche il lavoro procede bene.

Vado in ufficio con l'autobus e la metro. A differenza di mia moglie, non mi piace molto guidare. Durante il tragitto mi riposo leggendo un giornale o un libro.

Arrivo in ufficio verso le nove e mezzo. Innanzitutto, la segretaria mi fornisce la lista dei messaggi. Poi ascolto la segreteria telefonica. Nonostante cerchi di non pensare più a Mitsuko, una parte di me spera ancora di sentire la sua voce.

Ho appena finito di fare quello che dovevo. Ho fame, ma non ho voglia di tornare subito nella casa vuota. È venerdì, mia moglie e i bambini sono già in campagna. Il caporedattore mi propone di andare all'*izakaya*. Accetto volentieri.

Al ristorante, il capo chiacchiera allegramente. Prendo degli *yakitori* con una birra. Bevendo il sakè, parla dell'opinionista L., molto apprezzato dai lettori. Adesso abbiamo persone che comprano la rivista soltanto per leggere la sua rubrica. Mi viene prospettata la possibilità di un aumento. Molto contento, bevo più del solito.

Ci lasciamo davanti all'*izakaya*. È mezzanotte passata. Preferisco tornare a casa in taxi.

Mi avvio sotto i portici della strada commerciale che conduce al viale. L'aria è fresca. Cammino lentamente per smaltire l'alcol. Anziché continuare dritto, svolto a sinistra fino alla zona chiamata "Strada della notte". Ci sono *fūzoku-ten* di ogni tipo, in particolare *love-hotel*, *pink-salon*, *video-box* e bar di striptease.

I neon multicolori lampeggiano. Ubriachi barcollano cantando. Alcune coppie entrano in case di appuntamenti. Donne esageratamente truccate fumano e parlano con potenziali clienti. Lungo il marciapiede ci sono indovini seduti dietro un tavolino coperto da una stoffa bianca. Il *pink-salon* che frequento è a trenta metri da qui, in un vicolo un po' nascosto. D'un tratto mi viene voglia di andarci.

Un uomo mi supera con passo frettoloso. L'odore di alcol mi sfiora le narici. Indossa una camicia scura e pantaloni neri. Davanti a lui, una donna cammina fumando. Indossa un vestito bianco aderente e scarpe con tacchi alti. Getta la sigaretta per terra e la schiaccia con la punta della scarpa. "Una prostituta?" penso.

In un batter d'occhi l'uomo spinge la donna con brutalità. Lei barcolla e cade. All'improvviso lui le strappa di mano la borsa e scappa. Mi lancio subito all'inseguimento gridando: "Al ladro! Fermatelo!". Alcuni uomini si uniscono a me. Preso alla sprovvista, il furfante lascia cadere la borsa e si infila in un vicolo.

– Fantastico!

Un vecchio ubriaco si complimenta applaudendo. Raccolgo la borsa e mi volto verso la donna. Lei si sta rialzando con l'aiuto di una coppia di passanti. Mi avvicino.

Come immaginavo, la donna non ha un aspetto usuale: il viso truccato, le labbra molto rosse. Una folta frangia le copre la fronte fino alle sopracciglia, quasi a nascondere la sua identità. Mi guarda a bocca aperta. "Ma... è Mitsuko!" Non credo ai miei occhi. Sembra che mi abbia riconosciuto. Riprende la borsa molto imbarazzata:

– Grazie.

Il tono è secco. Esamino il trucco pesante:

– Che ci fai in un posto così?

Replica:

– E tu, cosa ci fai? Non ti aspetta nessuno a casa?

Rispondo a mia volta:

– Cerchi un cliente?

Mi trafigge con lo sguardo:

– Lavoro in un bar.

– Davvero?

Fingo di non sapere. Si scuote la polvere dal vestito.

– Speravo che mi chiamassi, aggiungo.

Distoglie lo sguardo. Continuo:

– Qualunque cosa tu faccia ora non mi riguarda. Volevo semplicemente rivederti come la compagna che mi piaceva tanto.

Restiamo in silenzio. Sembra riflettere. Poi dalla borsa tira fuori un pezzo di carta. C'è un numero di telefono.

– Se ti va, chiamami dopo le nove di sera, eccetto il venerdì.

Questo invito imprevisto mi stupisce. La guardo negli occhi.

– È il tuo numero di casa?

Annuisce e aggiunge l'indirizzo. Con mio grande stupore, non è lontano dal mio ufficio. Prendo il foglietto e lo infilo in una tasca della giacca.

– Devo ringraziarti, dice. In questa borsa ci sono più di duecentomila yen.

Sono sbalordito: "Una cifra così, in contanti?". Accenna un sorrisetto:

– Mitsuo, sei lo stesso ragazzo coraggioso che ho conosciuto ventiquattro anni fa.

Resto in silenzio. Sussurra:

– Grazie ancora. Arrivederci.

Se ne va senza aspettare che la saluti. La seguo con gli occhi. I lunghi capelli neri ondeggiano al ritmo del suo passo frettoloso. Presto sparisce in una stradina a sinistra che conduce al viale. Sospiro: "Tu, invece, non sei più la ragazza che conoscevo".

Ancora agitato per l'incidente di poco fa, medito nel letto. Sono quasi le due del mattino.

Guardo il biglietto di Mitsuko. Prima di incrociarla per caso in strada ero quasi sicuro che non l'avrei più rivista. E all'improvviso mi dà il suo recapito. Sono disorientato: "Voglio davvero rivederla?". Forse mi servirà un po' di tempo per decidermi.

Mi torna in mente il viso di Mitsuko da ragazzina. Penso al giorno in cui era arrivata alla scuola T.

Frequentavamo l'ultimo anno delle elementari. Era la metà di aprile, due settimane dopo l'inizio dell'anno scolastico. In cortile sbocciavano i fiori del ciliegio. Il signor N. entrò in classe con una ragazzina che non avevamo mai visto. Ce la presentò:

“Ecco una nuova alunna. Si chiama Mitsuko Tsuji”.

Restammo tutti sorpresi, non ci avevano avvertiti. Inoltre, in genere i cambi di classe si facevano all’inizio dell’anno, com’era successo a me l’anno precedente.

Mitsuko stava in piedi, immobile, davanti alla lavagna. Guardava la classe. Nessun sorriso. La osservavo incuriosito. La pelle bianchissima, i lineamenti regolari, i lunghi capelli intrecciati, con la divisa perfettamente in mezzo e la fronte libera. Indossava una camicetta bianca e una gonna blu scuro. Niente di speciale, ma il suo sguardo malinconico mi affascinava.

Il maestro scrisse il suo nome alla lavagna e spiegò:

“Il *kanji* ‘mitsu’ di Mitsuko significa ‘essere colmo’. La sua forma è un po’ complicata, ma conoscete già questo *kanji*, vero?”.

Qualcuno gli rispose spontaneamente:

“Sì, maestro! L’abbiamo imparato in quarta. Il suo *on’yomi* è ‘man’, lo stesso che c’è nel nome del nostro compagno Mitsuo”.

Seduto vicino alla pedana, era stato Gorō a parlare. Il signor N. si complimentò:

“Bravissimo, Gorō!”.

Una bambina esclamò:

"'Mitsuo' e 'Mitsuko', come gemelli!".

Risero tutti. Ero in imbarazzo. Mitsuko era imperturbabile. Il signor N. continuò:

"Mitsuko viene da Nagoya. Resterà con noi fino alla fine dell'anno scolastico. Spero che diventerete amici".

"Nagoya? È la mia città natale!" Ero contento di non essere l'unico *yosomono* in quella classe. Non vedevo l'ora di parlarle.

Il signor N. aveva finito di presentarla. Aspettavamo che la nuova compagna dicesse qualcosa, ma restava in silenzio. Ero un po' deluso. Io mi ero presentato da solo e i nuovi amici mi avevano fatto domande, per esempio sul mio passatempo preferito.

Ero curioso: "Dove l'avrebbe fatta sedere il maestro?". Nell'ultima fila dove mi trovavo io, c'erano due posti liberi: uno vicino all'entrata e l'altro accanto a me, davanti alla finestra. Avevo il batticuore: "Speriamo venga accanto a me". Presto il custode portò un banco e una sedia. Il signor N. gli chiese di metterli davanti alla finestra. Sussultai di gioia.

Mitsuko si sedette. Avrei voluto salutarla con un "Benvenuta" o "Piacere", ma lei mi ignorava, lo sguardo fisso sulla lavagna nera. Pensai:

"È bella ma poco socievole". Proprio allora mi venne in mente l'immagine del fiore dell'*azami*.

Mitsuko e Mitsuo. Riflettei sulla somiglianza dei nostri nomi.

Era stato mio padre a scegliere il mio nome. Aveva optato per i due ideogrammi che significano "l'uomo soddisfatto". Evidentemente nutriva la speranza che suo figlio conducesse una vita felice. Mi insegnò quei due *kanji* quando ero in prima elementare, spiegandomi il senso di ognuno. Il *kanji* di "mitsu" sembrava complicato ma affascinante. Mio padre mi ripeteva: "La vita perfetta non esiste. Sii contento di ciò che hai. Intanto, del nome che hai ricevuto alla nascita". Aveva ragione. Guidato dal suo consiglio, sono diventato un uomo soddisfatto o perlomeno uno che non si lamenta.

Per quanto riguarda il nome Mitsuko, dal momento che il *kanji* "ko" significa "il bambino", si potrebbe interpretare come "la bambina soddisfatta".

Sbadiglio. Finalmente mi addormento. Sono quasi le tre. Mi avvolgo nella coperta: "Mitsuko, lei sarà contenta del suo nome?".

Per i bambini iniziano le vacanze estive. Mia moglie li porta in campagna e torna in città insieme a loro due volte alla settimana. Le mie giornate ormai somigliano a quelle di un single. Dopo il lavoro vado a bere con i colleghi più spesso di prima.

Ogni tanto Gorō mi telefona in ufficio. Passa sempre dalla segretaria. Non appena rispondo mi chiede: – Sei libero stasera?

Declino i suoi inviti, con il pretesto che sono troppo occupato.

E un giorno, all'improvviso, mi succede una cosa che lo riguarda.

Innanzitutto, mi convoca il direttore dell'ufficio commerciale. Entro nel suo ufficio ignaro del motivo. Lui va dritto al punto:

– Mi risulta che conosci il presidente del *sakaya* Kida. È vero?

– Sì. Ma è solo un conoscente.

– Eppure, a detta della segretaria, ti chiama con una certa regolarità.

Gli racconto che Gorō Kida era un mio compagno delle elementari e mi telefona molte volte per parlarmi di una riunione che organizza per gli ex alunni di quella scuola.

– Davvero?

Il direttore mi spiega che la nostra rivista ha bisogno di più inserzioni pubblicitarie e che ci siamo avvicinati al *sakaya* Kida, ma invano. Lo ascolto in silenzio. Mi sorride:

– Allora, la prossima volta che incontri il signor Kida vedrai di convincerlo?

Gli rispondo senza prenderlo sul serio:

– Certo, ci proverò di sicuro.

Proprio quel giorno, mentre sto uscendo dall'ufficio, Gorō mi chiama. La segretaria non c'è, quindi ricevo direttamente la telefonata.

– Mitsuo, sei libero stasera?

Non ho programmi, ma sono restio ad accettare. Continua:

– Senti, la nostra azienda pensa di mettere degli annunci pubblicitari sulla vostra rivista. Spero di conoscerla meglio parlando con te.

Sono sorpreso. Aggiunge:

– Sono vicino alla vostra sede. Ci vediamo da qualche parte?

Alla fine acconsento, ricordando la promessa fatta al direttore dell'ufficio commerciale. Gli suggerisco di raggiungermi all'*izakaya* dove l'avevo invitato la volta precedente.

Gorō arriva al ristorante con una T-shirt e un paio di jeans consumati.

Ci sistemiamo al bancone. Davanti a noi, il cuoco prepara con abilità i piatti richiesti. Gorō lo osserva, l'aria distratta. Non gli dico che ho incontrato Mitsuko al caffè M. e per strada.

Affronto la questione della rivista. Ancora con aria distratta, beve sakè senza sosta. Non sembra interessato alle mie parole. Dopo una mezz'ora è già parecchio ubriaco, mentre io ho bevuto solo un bicchiere di birra.

All'improvviso mi chiede:

– Hai un'amante?

Per poco non mi cade il bicchiere:

– Che domanda, così di punto in bianco!

– Resta fra noi. Sul serio, ne hai una sola o diverse?

– Purtroppo, la mia risposta è "no". Non ho mai tradito mia moglie.

Appare sorpreso:

– Davvero? Allora hai una vita matrimoniale felice! Complimenti!

Rido:

– In realtà sono troppo impegnato, non ho tempo per un'altra donna.

Non ride. Scola il bicchiere d'un fiato.

– Tu invece, Gorō, ce l'hai?

Non risponde subito, facendo finta di riflettere. Lo provoco:

– Quante ne hai? Non riesci nemmeno a contarle?

– A parte gli scherzi, dice, ne ho tre.

– Tre amanti? Navighi nell'oro. Sarebbe già un sogno averne una.

– Perché no, Mitsuo? Il matrimonio non è tutto. E, e...

Ubriaco, fatica a parlare bene.

Balbetto:

– Hai problemi di sesso con tua moglie?

– Ma no! Stiamo bene di salute. Non trascuro la vita matrimoniale. Non siamo una coppia *sexless*.

Resta in silenzio. Continua:

– Il nostro matrimonio è stato combinato con un *miai*. Lei è una donna gentile e piena di attenzioni. Inoltre, è una brava madre. Non mi lamento. Ma ho bisogno di cambiare.

– Lei lo sa?

– Può darsi. Ma quale vantaggio avrebbe nel saperlo? Se avessi solo un'altra donna sarebbe preoccupante per lei, ma non è così. Le mie amanti sono avventure, tutto qua. Non ho alcuna intenzione di divorziare.

Sono curioso:

– E le tue amanti, cosa fanno?

– L'attrice, l'entraîneuse e la cameriera. Le aiuto quando hanno difficoltà economiche.

Penso a Mitsuko che è cameriera ed entraîneuse. Mi torna in mente il suo duplice aspetto, sobrio e provocante. Potrebbe fare anche l'attrice. Sfido "Gorō il gentile" con tono ironico:

– Perché tante amanti? Una non basta?

– Non posso farci niente. Mi piacciono le donne, mi piace toccare la loro pelle morbida, mi piacciono tutte le donne con cui vado a letto. Ci sono uomini che frequentano il *video-box* o il *pink-salon* solo per soddisfare il loro bisogno. Che pena!

Queste parole mi deprimono. Resto in silenzio. È da molto che non tocco il corpo di mia moglie. Gli faccio anch'io i complimenti:

– Ammiro la tua energia, Gorō! Nonostante sia il presidente di un'azienda fiorente, hai il tempo per frequentare tutte queste donne.

Abbozza un sorriso e continua a bere.

Dopo un'ora e mezzo ci separiamo. Alla fine, non abbiamo nemmeno accennato alla questione importante: la possibile pubblicità sulla rivista "N.". La storia delle sue amanti ha invece riacceso il mio desiderio di rivedere Mitsuko.

"Chiamami di sera, eccetto il venerdì," mi aveva detto Mitsuko dandomi il suo recapito. Questo invito inaspettato mi ha confuso e per tre settimane ho esitato a telefonarle. Ma dopo l'ultima uscita con Gorō finalmente mi sono deciso.

È mercoledì. Ieri mia moglie e i bambini sono ripartiti per la campagna e torneranno in città solo dopodomani. Oggi, non appena avrò finito di lavorare, conto di chiamare Mitsuko.

Esco dall'ufficio alle nove e un quarto. Cammino nella città di notte. Stando alla cartina, la casa di Mitsuko è a soli quindici minuti a piedi dal mio ufficio. È comodo, ma devo stare attento a non farmi vedere dai colleghi.

Quando arrivo all'indirizzo indicato, mi trovo davanti un edificio a due piani. Al pianterreno c'è un ferramenta. Le tende sono chiuse. Non c'è il citofono, ma la luce è accesa. Mitsuko dovrebbe abitare lì. Cerco una cabina telefonica e compongo il numero. All'altro capo mi risponde una voce incerta:

– Pronto?

– Sono Mitsuo. Sono vicinissimo a casa tua. Posso vederti un attimo?

Tace. Temo che sia troppo tardi. Finalmente risponde:

– Sali la scala di ferro nel vicolo a destra.

Mi batte il cuore all'impazzata. Aggiunge:

– Lascio la porta socchiusa. Entra senza fare rumore, mio figlio si è appena addormentato.

Riaggancia. Sono sorpreso: "Mitsuko ha un figlio?". Un po' confuso, resto immobile. È madre. Non c'è niente di cui stupirsi, ma non me lo aspettavo. Torno in strada con passo lento.

Vedo la scala di ferro, nascosta da un cachi. Salgo piano piano e spingo la porta. Sento il rumore del climatizzatore. Un gatto viene verso di me miagolando. Noto un paio di scarpette blu da bambino. Sembra la stessa misura di quelle di mio figlio.

Mitsuko mi accoglie all'entrata. Indossa una tunica beige dal collo ampio. Il viso struccato. I capelli raccolti in uno chignon, la fronte libera. Semplice, come al caffè M. Ci guardiamo per un po' senza proferire parola.

– Mi spiace disturbarti così tardi.

Mi allunga un paio di pantofole:

– Metti queste.

La seguo e vedo alcune ciocche di capelli neri che le scendono sulla nuca bianca. Il contrasto dei due colori mi ricorda ancora una volta la bellezza sensuale di un *ukiyo-e*. Avverto un profumo di sapone. Lei entra in cucina. Il gatto le va dietro tranquillo. Chiudendo la porta, mi sussurra:

– Da qui mio figlio non sentirà.

– Se avessi saputo che avevi un figlio, gli avrei comprato un regalo.

Accenna un sorriso.

– Quanti anni ha?

– Quattro.

Mi invita a sedermi sulla sedia contro il muro. Poi mi offre un tè di orzo fresco. Mi guardo intorno. Un tavolo, due sedie, un fornello a gas, alcuni utensili da cucina appesi al muro sopra l'acquaio. Il telefono è sopra un tavolinetto a sinistra della porta. Tutto mi sembra semplice ed essenziale. Mitsuko lancia un'occhiata alla finestra nascosta da tende bianche:

– Questo appartamento sarebbe invivibile senza climatizzatore.

Bevo il tè a piccoli sorsi:

– Lavori ancora al bar e al caffè?

– Sì. Al caffè da lunedì a venerdì, dalle otto di mattina alle due del pomeriggio. Al bar solo il venerdì sera, dalle otto a mezzanotte. Il bar si chiama X.

Non voglio dirle che ci sono già stato con Gorō. Mi limito a farle notare:

– Allora il sabato e la domenica ti riposi.

– Di solito sì. Quando mi hai visto al caffè M. era sabato. Ma quel giorno sostituivo una collega malata.

Sussurro:

– Mi stupisce vedere che lavori in posti del genere.

Sgrana gli occhi. Il suo tono si fa aggressivo:

– Che cosa vuol dire "posti del genere"?

Mi scuso subito:

– Mi dispiace, non volevo offenderti. Eri un'allieva così brillante che non posso credere...

Mi interrompe:

– La cameriera o l'entraîneuse sono mestieri come il redattore. Pago le tasse come tutti. Inoltre, forse i miei lavori sono più utili del tuo.

Non reagisco. Continua:

– Ascolta, Mitsuo. Ti ho scritto il mio recapito perché volevo ringraziarti di nuovo. I soldi che hai recuperato erano molto importanti per me. Ma se sei venuto per farmi la morale, ti chiedo la cortesia di andartene immediatamente.

Sembra seria. Sorrido mio malgrado. Mi fissa:

– Cosa c'è da ridere?

– Sono contento di vedere che dopotutto non sei cambiata.

– Nemmeno tu!

Ci sorridiamo per la prima volta. Quando ho finito il tè si alza:

– Vieni con me nel mio studio. Ho un regalo per te.

Prima passiamo dal salotto. Lì ci sono un tavolo basso e rotondo, due *zabuton*, una scatola di giocattoli e un grande acquario con pesci tropicali colorati. Tutto è semplice come in cucina. Sul salotto si affacciano due stanze. Mitsuko mi sussurra indicando con gli occhi la stanza di sinistra:

– Mio figlio dorme lì.

Apre la porta a destra. Immagino che il suo "studio" sia spoglio come il salotto e la cucina. Quando accende la luce, resto esterrefatto: le pareti sono interamente coperte di libri. Rimango a bocca aperta. Mi invita:

– Entra. Non vorrei che mio figlio si svegliasse.

Balbetto:

– Questi... questi libri sono tutti tuoi?

Annuisce chiudendo la porta.

Osservo i titoli. Ci sono romanzi, un'enciclopedia in svariati volumi, libri scientifici, dizionari giapponese, inglese, cinese, spagnolo... Il gatto passeggia lungo gli scaffali.

La stanza non ha tatami. Al centro c'è un tappeto, in fondo una piccola scrivania e una poltrona. Davanti alla porta c'è una finestrella coperta da una tenda bianca. Mitsuko apre un cassetto della scrivania e prende un oggetto impacchettato in carta color malva. Me lo passa:

– Un regalo per te!

– Mi metti in imbarazzo. Non era necessario.

Insiste:

– Se non accetti, mi offendo. Se il ladro fosse fuggito con la mia borsa, avrei avuto grossi problemi questo mese. Davvero.

Sottolinea l'ultima parola. Sorrido:

– Se è così, va bene. Grazie.

Contemplo la graziosa carta che lo avvolge:

– Che cosa c'è dentro?

– Aprilo a casa tua, per favore.

Infilo il regalo in una tasca dei pantaloni. Mi guarda in silenzio. Consulto l'orologio. Sono già le dieci e mezzo.

– Devo andare.

China la testa. Vedo la nuca bianca e i ciuffi di capelli che vi ricadono. Sotto la tunica si intuisce il seno rotondo. Le prendo le braccia. Il profumo del sapone. All'improvviso il mio corpo ha un fremito. Ardo dal desiderio. Alza gli occhi verso di me. Prima che dica una parola, incollo le mie labbra alle sue.

Sono passati cinque giorni dalla mia visita a casa di Mitsuko.

Non abbiamo fissato un nuovo appuntamento. Mi ha ripetuto che potrò incontrarla dopo le nove e mezzo di sera, eccetto il venerdì e i fine settimana. Le ho detto che non ho orari regolari e che le telefonerò prima di andare da lei.

Oggi è lunedì. Stamani mia moglie e i bambini sono ripartiti per la campagna. Mi piacerebbe rivedere Mitsuko stasera.

In ufficio lavoro con più lena del solito, non sono ancora le nove e mezzo e ho già finito. Vado subito a casa di Mitsuko. La chiamo dalla cabina telefonica e mi risponde: "Entra senza suonare, come l'altro giorno".

All'ingresso mi accoglie innanzitutto il gatto.

Anche stavolta Mitsuko indossa una tunica di cotone dal collo ampio. Avverto lo stesso profumo di sapone. Mi sorride. Un sorriso dolce e affascinante. La abbraccio. Sussurra: "Mio figlio dorme". Facendo segno di stare in silenzio, mi invita nel suo "studio". Il gatto ci segue.

Non appena chiude la porta, la bacio sul viso e sulla nuca. Non indossa niente sotto. Le accarezzo come un pazzo le gambe, la schiena, il seno. Lei porta la mia mano verso le zone sensibili. Ancora in piedi mi lascia entrare in lei. Penetrandola, quasi piango per il piacere sublime. Geme soffocando la voce. Mi coglie una certa inquietudine, allora lei mi prende il viso fra le mani: "Stai tranquillo, Mitsuo. Non ho più le ovaie". La stendo sul tappeto e continuiamo a fare l'amore.

Finita la passione, restiamo supini. Respira profondamente, gli occhi chiusi. Le accarezzo le gambe con delicatezza:

– Grazie ancora per la penna stilografica. Mi piace molto.

Volta la testa verso di me:

– Ti è piaciuta? Ne sono contenta!

– Ho deciso di scrivere un diario con quella penna.

– Davvero?

Annuisco. Sembra commossa.

– È il tuo primo diario?

– No, ne ho tenuto uno fra gli undici e i ventitré anni.

Esclama:

– Per oltre dieci anni! Che cosa scrivevi ogni giorno?

– Di tutto. Nell'ultimo anno delle elementari per esempio, scrivevo molto di te.

– Di me?

La mia risposta sembra coglierla alla sprovvista. Confesso che le avevo dato un soprannome per poter raccontare facilmente di lei.

– Un soprannome per me? E quale nome avevi inventato?

– Azami.

– Azami?

– Sì. Mi sembrava perfetto.

Resta sbalordita. Prendo la giacca e tiro fuori dalla tasca un taccuino molto vecchio. Glielo passo:

– È il diario che tenevo allora. Guarda la pagina del 15 aprile.

Si alza lentamente. A capo chino, osserva la copertina su cui sono scritti il mio nome e l'età. *Mitsuo Kawano. 11 anni.* Poi va alla pagina che le ho indicato. Legge ad alta voce:

– *Oggi in classe nostra è arrivata una nuova compagna. Bellissima. Viene da Nagoya come me. Ha il banco vicino al mio. Qualcuno dell'altra classe mi ha detto che i suoi genitori sono di-*

vorziati e che vive a Nagoya con la madre. Ma quest'anno è venuta a T. per abitare a casa del padre. Spero che diventeremo buoni amici. In questo diario la chiamerò Azami.

Mitsuko si volta verso di me, gli occhi umidi. Sorrido:

– In questo quaderno ritorni molto spesso. Conservalo, se vuoi.

Sussurra:

– Una cosa così preziosa... Grazie.

Il gatto miagola. Si allunga sulla scrivania.

– E il gatto, come si chiama?

– Socrate.

Per poco non scoppio a ridere. È comico: suo figlio di quattro anni chiamando il gatto pronuncia il nome di un filosofo greco.

– E tuo figlio come si chiama?

– Tarō.

– Tarō? Che bel nome!

Mi piace, come Hanako per una figlia. È un peccato che ormai si usino poco questi nomi tradizionali. Sarei curioso di conoscere anche il suo cognome, ma evito di chiedere.

Preferisco domandarle:

– Ti piace il tuo nome, Mitsuko?

– Non proprio, risponde senza guardarmi.

Due giorni dopo riesco a finire di lavorare presto per passare a casa di Mitsuko. La chiamo sempre all'ultimo minuto.

Siamo stesi sul tappeto.

– Mitsuko, ti ricordi di Gorō Kida?

– Gorō? Intendi l'alunno della scuola T.?

Il suo tono non è rilassato.

– Sì. Ora è il presidente del *sakaya* Kida, un'azienda che va molto bene. La distilleria di whisky sembra riscuotere un gran successo. Lo sapevi?

Risponde con durezza:

– Sì, il solito erede.

– Sarà, ma sotto la sua direzione l'azienda è diventata molto fiorente. La nostra rivista cerca di convincerli ad acquistare spazi pubblicitari sulle nostre pagine.

Mitsuko risponde sempre in tono duro:

– Non è stato lui a renderla fiorente.

– Chi allora?

– La giovane sorellastra. Brillante e lavoratrice. Gorō è una nullità, in confronto.

– La sorellastra? Come fai a saperlo?

– Il proprietario del bar X. conosceva bene il loro padre, morto cinque anni fa. Inoltre, Gorō è nostro cliente.

Non ho ancora il coraggio di confessarle che una volta sono stato al bar insieme a Gorō. Secondo lei, l'ex presidente voleva che fosse la figlia a succedergli, visto che il maschio – nonostante le sue pretese – non aveva la stoffa per dirigere l'azienda. La interrompo:

– Sai che Gorō sognava di diventare *kyōju*?

– *Kyōju*? Strano! Pigro com'è, difficile che diventasse anche un semplice insegnante. Ma come fai a sapere cosa voleva fare?

– Giorni fa ho sfogliato l'album di scuola. Ognuno aveva scritto cosa desiderava diventare.

Tace. A quel punto vorrei tanto capire perché non compaiono il suo nome, né le sue foto, né i suoi dati. Fa una smorfia:

– Non mi piaceva per niente, Gorō.

– No? E perché? Era un ragazzino cortese e generoso. I compagni lo chiamavano "Gorō il gentile". Da quel che ricordo, non era così cattivo.

D'un tratto scoppia a ridere:

– Cortese, gentile, generoso? Non la pensavo così. Voleva piacere a tutti. Punto.

Mi tornano in mente le sue parole: "Ho tre amanti. Le aiuto quando hanno difficoltà economiche".

Continua:

– Al bar, Gorō tenta di sedurre le ragazze. Si comporta come se avesse un potere superiore. Io lo ignoro. Probabilmente sa chi sono.

Non so cosa dire. Stasera ha voglia di chiacchierare.

– Mitsuo, una volta mi difendesti da Gorō.

– Ti difesi?

Non ricordo per niente quell'episodio. Me lo racconta.

Era successo qualche settimana dopo il suo arrivo alla scuola T. Gorō l'aveva presa in giro davanti ai compagni. Aveva detto: "Mitsuko, potremmo chiamarti Manko". Lei aveva risposto: "Che stai dicendo? Non capisco". Lui aveva aggiunto: "Non lo sai? Vuol dire vagina". I suoi amici si erano messi a ridere.

Mitsuko fa un'altra smorfia:

– Fu disgustoso.

– Mi stupisce che alla sua età Gorō conoscesse già una parola così volgare.

– Mitsuo, c'eri anche tu. Ma non ridesti. Anzi, lo prendesti in giro: "Potremmo chiamarti Gorōtsky". Pronunciasti quella parola inventata come un nome russo. Non capiva: "Che cos'è? Un nome straniero?". Rispondesti: "Ma no! È una parola giapponese, *go-ro-tsu-ki*: bastardo!". Tutti si torcevano dalle risate.

– Davvero? Non me ne ricordo.

– Inoltre, lo sgridasti: "Sii gentile con Mitsuko. Non ha ancora amici". Le tue parole mi commossero.

La abbraccio. Resta immobile. Poi sussurra:

– Quando ti ho visto al caffè M. ho ripensato a questo episodio.

Le accarezzo le spalle. Le faccio una domanda che mi assilla: perché era arrivata nella nostra scuola due settimane dopo l'inizio? Tace. Non insisto.

– Mia madre era in prigione, risponde alla fine. All'improvviso mi mandarono da mio padre.

"In prigione!" Sono turbato. Precisa subito che non vuole raccontare cosa aveva commesso. Posso solo tacere.

– Non venivo mai in gita, dice. Mai. Approfittavo di quei giorni per andare a trovarla in carcere.

– Dev'essere stata dura.

– Non ho l'album di classe. Mio padre non voleva che comparissi lì perché ero rimasta solo un anno. Il signor N. ne era rattristato.

La stringo forte a me, in silenzio.

Continuo a vedere Mitsuko. Ogni volta ci incontriamo a casa sua. Le telefono un po' prima delle nove e mezzo e lei accetta sempre. Me ne vado prima delle undici e mezzo.

Mitsuko non mi chiede mai di rimanere. A casa sua non c'è un futon, né un letto o un divano per gli ospiti. Mi dice: "Mi piace che la casa sia il più semplice possibile". Non vuole regali.

So poco della sua vita, a parte i suoi due mestieri: cameriera ed entraîneuse. Non mi è mai capitato di vedere Tarō, il suo figlio di quattro anni, che dorme nella stanza accanto allo "studio". Nemmeno lei sa niente della mia vita.

Non mi chiama mai al lavoro e non conosce il mio numero privato. Non ci sono screzi fra noi. Se potessi continuare questa relazione sarei molto felice. È l'amante perfetta per me, dal momento che non intendo divorziare da mia moglie. Da quando vado da Mitsuko, non frequento il *pink-salon* né il *video-box*.

Gorō, invece, non lo vedo più né voglio più rivederlo. Per fortuna ha smesso di chiamarmi. Ho informato il direttore dell'ufficio commerciale della conversazione che abbiamo avuto. Era contento che il presidente del *sakaya* Kida valutasse l'ipotesi di comprare spazi pubblicitari sulle nostre pagine. Ho ribadito che Gorō e io non eravamo amici e che non lo avrei incontrato più.

Mitsuko guarda il soffitto. La sua lunga tunica di cotone è sollevata. Steso di lato, lascio scivolare la mano sulle sue gambe vellutate. Chiude gli occhi.

Anche stasera, appena sono entrato, l'ho baciata come un pazzo, sul viso e sulla nuca. Le ho carezzato le gambe e le natiche. Non aveva niente sotto la tunica. Avevo il corpo in fiamme. Mi ha portato subito nel suo "studio" per non disturbare il bambino che dormiva. Abbiamo continuato a baciarci. Prima in piedi contro la porta, intrecciando le gambe. Gemeva, cercando di controllare la voce.

Facciamo l'amore sul tappeto come sempre. Rispetto alla prima volta, il tappeto è coperto con un lenzuolo bianco e abbiamo degli *zabuton* come cuscini.

Supino, osservo i libri che rivestono tutte e

quattro le pareti. Mitsuko sembra riflettere. La accarezzo.

– A cosa pensi?

– Ad amore e criminalità.

– Come?

La guardo in faccia: "Che cosa mi racconterà ora? La storia della madre in carcere?". Non sbatte le lunghe ciglia. Fa una premessa:

– È un argomento che giorni fa ha affrontato uno dei miei clienti.

"Un suo cliente?" La immagino mentre chiacchiera con uomini adoranti. Mi assale la gelosia. Si volta verso di me:

– Quando un uomo e una donna si innamorano sono attratti per processi chimici, giusto?

Taccio, ancora infastidito dall'immagine di Mitsuko circondata da uomini.

Ripete:

– Giusto?

Alla fine, rispondo senza grande entusiasmo:

– Non lo so, non ci ho mai pensato. Ma è ovvio: l'uomo e la donna si attraggono perché sono opposti come i poli di una calamita.

Resta pensosa. Sono curioso: "Come proseguirà il discorso?". Mi ricordo che durante le lezioni di scienze faceva domande interessanti.

Ogni volta il maestro N. si complimentava: "Ottima domanda, Mitsuko!".

– Opposti, sì, ma non sempre si attraggono, replica. In ogni caso, non ci innamoriamo per convenzione o per rispetto di certe condizioni. Sono processi chimici che si innescano.

Toccandole i lunghi capelli neri naturali, sussurro:

– Spero che fra noi si siano innescati.

Mi sorride:

– Certi processi pseudochimici sono solo temporanei.

– Sei crudele, Mitsuko! Sono già pazzo di te.

– È la realtà, tutto qui. Ci crediamo innamorati, ma spesso l'amore dura poco per questo motivo.

Un pensiero triste mi stringe il cuore: "Il nostro amore è solo temporaneo? Un giorno dovrò lasciarla?". Continua:

– Se ci sposiamo solo per convenzione come si fa con i *miai*, le persone dello stesso rango restano sempre fra di loro. I ricchi con i ricchi, i colti con i colti. È preoccupante.

– Perché preoccupante? È normale che i ricchi stiano fra di loro per proteggere il patrimonio. I colti desiderano che anche i loro figli lo siano.

– Sì, è normale. Ma non c'è mescolanza fra persone di ambienti diversi. Per esempio, se i poveri restano sempre fra di loro, i loro figli saranno svantaggiati e questo può spingerli a commettere crimini.

La ascolto senza interromperla. Ho una domanda: "Perché sua madre ha commesso un crimine? A causa della povertà?".

Mitsuko dice:

– E se i delinquenti fossero relegati fra di loro per generazioni, i problemi sociali si acuirebbero.

Parole pesanti. Anche se parla con distacco, non posso fare a meno di pensare al suo passato infelice. Sebbene intelligente, non credo che abbia concluso gli studi. La sua gioventù dev'essere stata turbata dalla madre.

– Allora, conclude Mitsuko, l'integrazione attraverso l'amore permetterebbe di attenuare i problemi.

– Ah, ora capisco che cosa vuoi dire. Così la società diventerebbe più giusta!

Evoca questi clienti che ogni settimana parlano di un argomento interessante. Mi assale di nuovo la gelosia verso quegli uomini che si divertono con lei tutta la sera. Un dubbio mi tormenta: "Ci va anche a letto?". Le faccio qualche domanda mentre si siede:

– Chi sta con tuo figlio il venerdì quando lavori?

– Mia madre. Abita in periferia. Perché?

Non rispondo. Mi carezza la testa:

– Non vado a letto con i clienti.

– Allora con chi vai a letto, a parte me?

– Con nessuno.

Mi rialzo subito:

– Davvero?

– Sì, al momento. In ogni caso, da quando mi sono trasferita qui sei l'unico.

Siamo nella casa di campagna.

I bambini giocano in salotto. Seduta a un tavolo basso, mia figlia disegna con le matite colorate: montagne, campi, alberi, un fiume. Mio figlio si diverte con alcuni animali di plastica: cane, gatto, mucca, cavallo, maiale e gallina. Allineandoli, ne imita i versi. Osservo che sembrano amare molto la vita in campagna.

Sono le sei di sera. Mia moglie è uscita a fare la spesa per la cena. Tornerà fra poco.

Schiena contro il muro, comincio a scrivere il mio diario.

In mano ho la stilografica che mi ha regalato Mitsuko. Una penna elegante di marca P. È il modello che avevo notato nella vetrina di quel negozio sotto i portici della strada commerciale, dove avevo incontrato Gorō. L'avevo vista e avevo sperato che mia moglie fosse d'accordo a comprarne una. Quando ho aperto il regalo è stata una bella sorpresa.

Domenica 17 agosto. Nuvoloso.

È il mio trentaseiesimo compleanno. Oggi è stata una giornata molto impegnativa per tutta la famiglia.

Abbiamo raccolto le bardane. Con un macchinario noleggiato abbiamo scavato la terra ed estirpato le radici. Il risultato è stato ottimo. Atsuko e i suoi collaboratori erano al settimo cielo. I bambini ci hanno aiutati con piccoli compiti. Nonostante il caldo, lavoravano senza lamentarsi. Ho fatto loro i complimenti.

Mi fermo. Giocando con la stilografica, penso: "Trentasei anni". Chi mi ha detto che rappresentano un punto di svolta nella vita e che è ora di pensare seriamente a come vivere il tempo che ci resta? Forse mio padre.

Mi piace il lavoro che faccio. Tuttavia, non voglio rimanere alla rivista "N." fino alla pensione. Spero di fondarne una mia, dedicata alla storia regionale e alle notizie locali. Dopo i sessant'anni sarà troppo tardi. Sento che se non realizzo questo progetto adesso, non lo realizzerò mai. Ma come?

– Papà!

Mia figlia mi chiama alzandosi con il suo disegno. Sorrido: – Che cosa hai fatto?

Mi fa vedere il foglio su cui sono disegnati due fiori rosso-violetto dalla forma quasi uguale. Mi dice:

– Quello a sinistra è l'*azami*.

Ho un tuffo al cuore. Mi chiede:

– Conosci quello a destra?

– No.

– No? È il fiore della bardana!

– Ah, è vero.

Questi fiori si vedono raramente, visto che si raccolgono le radici quando le piante sono ancora giovani. Mia figlia mi spiega:

– La mamma ne ha lasciato crescere qualcuno in un angolo di un campo. Sono alti, più alti di te!

– Davvero?

– Sì. Ma hanno gli steli fragili. Allora la mamma ha messo delle canne di bambù. Così il vento non li piega.

– Domani andiamo a vederli insieme.

Aggiunge:

– La mamma mi ha insegnato il linguaggio di questi due fiori.

– Che cosa significano?

– L'*azami* indica "indipendenza", "non toccarmi", "vendetta".

– Davvero? E la bardana?

– "Non tormentarmi." Poi non mi ricordo più.

Un po' sconcertato, osservo da vicino i due fiori:

– In effetti sono molto diversi l'uno dall'altro.

Mia figlia mi tende il disegno:

– È per te, papà. Buon compleanno!

Non so cosa dire. Solo: – Grazie, è un pensiero gentile!

A questo punto ci chiama mio figlio:

– È arrivata la mamma!

Hanno tutti fame. Mia moglie si mette subito a preparare la cena. I bambini vanno in cucina. Mia figlia canta:

– *Piantiamo, piantiamo i germogli di riso... Il sole sorride, noi sorridiamo... Aspettiamo, aspettiamo le onde verdi...*

Mia moglie e mio figlio si uniscono. Li ascolto distratto.

Siamo a tavola. Una bella scorpacciata per il mio compleanno. I bambini chiacchierano allegri. Mia moglie mi sorride porgendomi una piccola scatola avvolta in una carta rossa:

– Tesoro, un regalo per te!

Ripeto:

– Grazie! È un pensiero gentile.

I bambini mi guardano scartare il pacchetto incuriositi. Non appena apro la scatola, mia figlia esclama:

– Una penna stilografica nera? Papà ne ha già una!

Siamo supini, la testa appoggiata sullo *zabuton*. Ormai il mio corpo si è completamente abituato al tappeto. Socrate ci gironzola intorno. A occhi chiusi, Mitsuko respira piano. Confesso:

– Sono sposato e ho due figli. Un maschio e una femmina. Mio figlio ha la stessa età del tuo. Mia moglie gestisce un'azienda agricola.

Apre gli occhi. Non ho idea di come reagirà. Senza cambiare espressione chiede:

– E tua moglie com'è?

– Una brava persona, rispondo. Buona, intelligente e indipendente, come te.

– Eppure non fate sesso da molto tempo.

– Tu dici?

– È chiaro. Come facevi prima di avermi incontrata?

La domanda diretta mi imbarazza. Infastidito, racconto che ho frequentato il *pink-salon*.

– Sono stati i *fūzoku-ten*, mi interrompe, a salvare il tuo matrimonio. Gli uomini come te devono essere grati alle donne che lavorano in quei posti.

Parla con tono ironico. Sussurro:

– Hai ragione...

Mi chiede:

– Perché avete smesso di farlo?

Le spiego la situazione. All'inizio andava tutto bene con mia moglie. Ciò nonostante, mentre era incinta del secondo figlio sono andato al *pink-salon* e questo l'ha sconvolta. Poi abbiamo cercato di riappropriarci della nostra vita coniugale, ma senza grande successo. E da allora non facciamo più l'amore.

– Sei innamorato di lei?

– Sì. È la prima volta che la tradisco.

Tace. Mi apro con sincerità. Ero stanco di uscire solo per procurarmi piacere. In realtà avrei voluto risolvere i nostri problemi di coppia, però rimandavo sempre. Mi ascolta in silenzio. Continuo:

– Ed è stato proprio allora che ti ho incontrato. Mi sono subito invaghito di te, così bella e sensuale.

Non reagisce. Temo di averla offesa. Finalmente inizia a parlare.

– Prima di lavorare al bar X., mi sono prostituita per due anni.

"Prostituita?" Ormai non mi meraviglio più di niente.

Prosegue:

– Uno dei miei clienti è stato il signor K., uno storico famoso per i suoi programmi di divulgazione.

"Il signor K.?" Il nome non mi è nuovo. Ricordo: "Ah, è uno degli uomini con cui chiacchierava al bar". Mi parla di lui, ascolto con un misto di gelosia e curiosità.

Un giorno l'agenzia per cui lavorava la mandò in un albergo. Un albergo come tanti. Di sera tardi entrò nella camera del cliente. Riconobbe subito il signor K., che aveva visto in televisione. Lui le chiese cortesemente se aveva fame o bisogno di bere qualcosa. Rispose di no. Quell'uomo le sembrava timido e perfino imbarazzato. Restava immobile, seduto sul bordo del letto. Lei era pronta, ma il cliente no. Dopo un po' cominciò a parlare: "Sono sposato. Amo mia moglie. Ma non facciamo sesso da anni. Non ha mai un orgasmo, perlomeno non con me. Desidero che sia appagata. Per favore, può aiutarmi a farle provare piacere?". Aveva un tono rispettoso.

Con aria disperata, le si inginocchiò addirittura davanti.

A capo chino penso a mia moglie. Mitsuko aggiunge:

– Le parole del signor K. mi commossero.

– Aiutasti quel gentleman?

– Certo. Feci ciò che potevo. Alla fine, mi ringraziò molto. Come un allievo con il maestro.

– Quante volte venne da te?

– Solo due. La seconda, però, mi invitò in un ristorante per ringraziarmi di nuovo: finalmente era riuscito a fare di nuovo l'amore con sua moglie. Poi mi propose di lavorare al bar X., di cui conosceva bene il proprietario.

Continuo a pensare a mia moglie, alla nostra vita coniugale. Mitsuko racconta con calma:

– Con i consigli del signor K. ho arricchito le mie letture. I clienti che ho al bar X. apprezzano molto la mia cultura generale.

Credo che se avesse ricevuto la giusta istruzione, avrebbe potuto fare una professione più vicina ai suoi interessi. Me la immagino immersa nei libri, soprattutto dopo aver messo a letto il bambino.

Le faccio una domanda indiscreta:

– Quanto guadagni al bar X.?

– Centomila yen ogni venerdì.

– Così tanto!

Allibito, proseguo:

– Perché lavori anche in un caffè? Avrai una paga minima.

– Per restare con i piedi per terra. Guadagnare tanti soldi in poche ore discutendo non è normale.

Stamani mia moglie mi annuncia: – Le vacanze scolastiche sono quasi finite. In campagna i bambini sono contentissimi. Resteremo qui fino alla fine del mese.

Mentre penso che quella sera andrò da Mitsuko, prometto di raggiungerli fra qualche giorno.

Arrivo in ufficio prima del solito. La data di uscita del prossimo numero si avvicina. Devo rivedere tutte le bozze e impaginare.

Non appena mi siedo alla scrivania, il caporedattore mi dice di andare dal direttore del commerciale. Nemmeno lui sa il motivo. Mi precipito nell'ufficio del direttore. Non sembra di buonumore.

– Qualcosa non va?

Si gratta la testa, come se esitasse a entrare in argomento.

– Riguarda il *sakaya* Kida. Ricordi la nostra

chiacchierata? La rivista sollecitava l'azienda perché facesse pubblicità sulle nostre pagine.

– Certo! Ne avevo parlato direttamente con Gorō Kida, come le avevo già fatto sapere. Non ha ancora accettato?

Il direttore risponde, l'aria incerta:

– Ieri... ho contattato il responsabile commerciale. Mi ha confermato che erano interessati.

Lo interrompo:

– Ah, bene! È ciò che mi aveva detto Gorō.

Non sorride:

– Ma, a detta del responsabile commerciale, il signor Kida ha cambiato idea per via di certe voci che circolano sul nostro conto.

– Quali voci?

– A quanto pare, uno dei nostri impiegati frequenta una prostituta.

– Come?

L'immagine di Mitsuko mi balza subito in mente. Benché non sia più una prostituta, quell'affermazione mi turba. Il direttore sembra imbarazzato:

– Dalla descrizione, questo impiegato potresti essere tu. Che mi dici?

Mento spudoratamente:

– No!

– Allora si tratta solo di voci.

Sono sollevato:
– Ma che cosa c'entrano queste dicerie con la pubblicità?
– È ovvio, vecchio mio. Per un'azienda prestigiosa come la Kida, è un'onta sponsorizzare o essere inserzionista di un'impresa che ha una cattiva reputazione.
Avrei voglia di raccontargli che "Gorō il gentile" se la spassa con tre amanti e che la vera dirigente del *sakaya* Kida è la sorellastra. Il direttore si gratta di nuovo la testa:
– Ognuno ha la propria vita privata. Nessuno si deve impicciare. Tuttavia, bisogna stare attenti a non esporsi alle critiche. La nostra rivista è rinomata per l'alta qualità.
Esco dall'ufficio, confuso. Nonostante il saggio commento, ho una strana sensazione. "Qualcuno sa della mia relazione con Mitsuko... Ma chi?"
Quando torno in ufficio, l'assistente mi porta le bozze di un testo dell'opinionista L. Mi sorride:
– Mi piace molto la rubrica del signor L. Questo mese affronta un interrogativo particolarmente interessante.
Comincio a leggere. I refusi sono già stati corretti, devo solo accertarmi che sia tutto in ordine.

Ci sono tre domande e l'ultima attira la mia attenzione. Man mano che vado avanti nella lettura, mi monta il sangue alla testa.

Caro signor L.,

sono sposata. Mio marito lavora nel settore dei media. Abbiamo due figli di non ancora dieci anni. Stiamo tutti bene. Sono fortunata. Tuttavia, da tre anni mio marito e io non abbiamo più una vita sessuale.

Lui ha iniziato a frequentare alcuni pink-salon *durante la mia seconda gravidanza. Da allora non facciamo più l'amore e non dormiamo più insieme. È una brava persona e un buon padre. Lavora sodo per la famiglia. Cerco di accettare che frequenti certi ambienti.*

Ultimamente sono venuta a sapere che ha una relazione con una vecchia amica. La notizia mi ha sconvolta: sembra una relazione seria. Ho appena fondato un'azienda che sta andando bene. Da mio padre ho ereditato una casa dove trascorro molto tempo. Penso di divorziare e organizzarmi una nuova vita con i bambini. Ciò nonostante, sono ancora innamorata di lui. Le chiedo gentilmente un consiglio.

Sono sbalordito: "È Atsuko!". Mi tremano le mani. Ha scritto una lettera del genere al nostro opinionista, anziché parlarne con me. "Che cosa vuol dire?" La rabbia mi assale. Provo a calmarmi. "Come fa a sapere della mia relazione con Mitsuko?" La parola divorzio mi sconvolge. Leggo la risposta del signor L.

Signora,

il suo problema è come una malattia non curata per diversi anni: servirà tempo per trovare un rimedio.

Innanzitutto, il matrimonio significa dormire e mangiare insieme. Se la coppia non vive unita, la situazione può solo aggravarsi. Il proverbio dice: "Lontano dagli occhi, lontano dal cuore". Tuttavia, per una coppia bisognerebbe dire: "Lontano dal letto, lontano dal cuore". Se vuole salvare il suo matrimonio perché è innamorata di suo marito, si appelli a questo semplice principio prima che sia troppo tardi. Parli con lui. Se la ama ancora, cambierà per vivere la vera vita coniugale insieme a lei. Buona fortuna!

Ancora sconvolto, rileggo il testo tre volte. Sospiro: – Che giornata! Mi va tutto storto.

Quella sera rinuncio a passare da Mitsuko.

È buio pesto. Niente vento. Il silenzio è totale.

Sono in casa, da solo. Dopo aver cenato tardi, esco nel cortile sul retro. Mi accendo una sigaretta, seduto su una panchina. Il fumo sale dritto. Con gli occhi rivolti al cielo senza stelle, rifletto.

Stamani, prima di ripartire per la campagna, mia moglie mi ha detto: "I bambini sono molto felici in campagna. Sperano di andare nelle scuole del paese". Non l'ho presa sul serio. Mi sono limitato a risponderle: "È normale. Durante le vacanze si sono fatti tanti nuovi amici là". Ha anche aggiunto: "Da qualche anno sogni di avere una rivista tua, dedicata alla storia regionale e alle notizie locali. Credo che sia un'ottima idea. Quando vuoi realizzare il tuo sogno?". Con la testa assorbita da un altro progetto per la rivista "N.", le ho risposto in modo elusivo.

Rifletto sulla mia vita familiare, professionale e soprattutto matrimoniale. Amo ancora Atsuko. Non voglio divorziare. Dobbiamo trovare una soluzione ragionevole per continuare a essere una coppia.

L'opinionista L. ha ragione. È necessario che viviamo sotto lo stesso tetto e dormiamo nella stessa camera, nello stesso letto. Se siamo arrivati a questo punto, è colpa mia. Invece di affrontare i problemi coniugali, frequento i *fūzoku-ten*. Non devo prendermela con Atsuko: ha scritto al signor L. perché leggessi la sua lettera.

Trentasei anni. Una svolta nella vita. Penso di nuovo al mio sogno. "Perché non ora?" L'attività agricola di Atsuko sta andando bene. È meglio se mi trasferisco anch'io in campagna. Venderemo questa casa. Potrò affittare o comprare un monolocale in un posto adatto vicino al paese, a M. per esempio.

Penso a Mitsuko. Smettere di vederla. L'idea mi rattrista profondamente. Ma non ho altra scelta.

Appena l'ho vista al bar X. mi ha ammaliato così come mi aveva attratto ventiquattro anni fa. Forse aveva ragione lei: siamo uniti da pseudochimiche che creano legami solo temporanei. Nondimeno, è l'unica donna con cui abbia fatto l'amore con passione. Mi mancherà davvero tanto.

La cenere della sigaretta cade. Mi vengono le lacrime agli occhi. Sento la ninnananna di mia nonna:

...Mi chiamo Azami.
Sono il fiore che culla la notte.
Piangi, piangi fra le mie braccia.
L'alba è ancora lontana.

Socrate si avvicina miagolando. Mi tolgo le scarpe. Si ferma e mi guarda, come un vecchio saggio. Le scarpette blu sono ancora al solito posto. Sono di Tarō, il figlio di Mitsuko che non ho mai visto.

Mitsuko mi accoglie in piedi davanti all'entrata, senza dire una parola. La sua tunica, l'acconciatura, l'odore del sapone. È tutto come sempre. Eppure, stasera sento che è diversa, proprio come me. Non ci baciamo. Mi porta in cucina come la prima volta. La seguo accompagnato da Socrate.

Mi siedo a tavola. Mi offre un bicchiere di tè di orzo fresco. Bevo e mi guardo intorno. La finestra, l'acquaio, il fornello elettrico, gli utensili da cucina appesi al muro, il telefono. Non è cambiato niente. Semplice ed essenziale. Il climatizzatore è spento.

Mitsuko resta in piedi, appoggiata all'acquaio. Penso a suo figlio. Mi passa per la testa una strana idea. "Dorme davvero in questa casa? Esiste realmente?" Lei alza gli occhi al soffitto. Mentre penso al modo in cui parlarle della mia situazione familiare, mi dice:

– Ieri sera ho ricevuto una visita.

– Credevo non invitassi nessuno, a parte me.

– Si è invitato da solo.

– Da solo? Chi?

Accigliata risponde:

– "Gorō il gentile".

– Cosa?

Sono stupito: "Gorō è venuto qui!".

Aggiunge:

– Sa che vieni a casa mia regolarmente.

– Come?

Non so cosa dire. Una sensazione sgradevole mi invade. Gorō deve avermi seguito dopo il lavoro. Allora è stato lui a mettere in giro le voci sul mio conto. Deve aver chiamato anche mia moglie. Mi arrabbio: – Bastardo!

Mitsuko racconta com'è andata:

– Hanno suonato il campanello. Era l'ora in cui di solito arrivi tu. Pensavo che avessi dimenticato di chiamarmi. Ed eccolo. Uno choc! Era perfino ubriaco. Una visita indesiderata.

– Perché è venuto?

– Non so quale fosse la sua vera intenzione. Ma appena ha aperto bocca mi ha detto: "È merito mio se Mitsuo ha avuto la fortuna di incontrarti".

Chino la testa, con profondo imbarazzo. Ora sa che sono stato al bar X. insieme a Gorō e che al caffè M. non l'ho riconosciuta per caso. Mi sento così stupido ad aver dato retta a Gorō: "Se mai incontrassi Mitsuko, non farle il mio nome". Continua:

– Gorō ha iniziato a parlare delle riunioni che organizza ogni anno con gli ex compagni. E ha visto le scarpe di mio figlio: "Ah, sei una ragazza madre! Non ci sono problemi. Prendo alcune baby-sitter per le giovani mamme. Vieni anche tu almeno una volta! Tu e Mitsuo siete gli unici a non aver mai partecipato".

– Come hai reagito?

– Ho risposto: "Non mi interessa! Non mandarmi più l'invito". Offeso, Gorō ha gridato: "Peccato! Tutti dovrebbero sapere quanto sei richiesta in un locale così prestigioso. Pensano che tu faccia la cameriera in un semplice bar". Ho chiuso la porta disgustata.

Mi arrabbio: – Bastardo!

Socrate, allungato sul pavimento, mi squadra. Finalmente mi scuso:

– Mi dispiace. Non volevo mentirti.

Mitsuko resta in silenzio. Le spiego la storia dal mio punto di vista: il primo incontro con Gorō, le tre uscite in cui siamo andati a bere, le richieste della rivista "N." al *sakaya* Kida perché facesse pubblicità sulle nostre pagine, le maldicenze di cui sono oggetto. Quando finisco, mi dice con calma:

– La sera precedente avevo ripensato a cosa abbiamo in comune tu, io e Gorō.

– Cosa abbiamo in comune?

– Mi riferisco ai tempi in cui frequentavamo la scuola T.

Sono confuso: "Che cosa vuole dirmi?". Continua:

– Allora abitavo con mio padre, che si era risposato da più di cinque anni. Tu vivevi con la nonna perché tuo padre era stato trasferito in una città lontana per due anni. Si era appena risposato.

Mi sorprende che ricordi ancora il trasferimento di mio padre. Abitavo da mia nonna perché non volevo vivere con la mia matrigna. Sono curioso:

– E Gorō invece con chi viveva?

– Come ti ho detto, ha una sorellastra. Quando aveva tre anni suo padre si è risposato. A quei tempi viveva con il padre, la matrigna e la sorellastra.

– Prima che me lo dicessi, non sapevo nemmeno che avesse una sorellastra.

– In sostanza, l'ultimo anno delle elementari eravamo gli unici ad avere il padre risposato.

– Quindi, anche i genitori di Gorō erano divorziati.

– No. Sua madre è morta quando lui era molto piccolo.

– Come facevi a sapere queste cose?

– Poco dopo il mio arrivo, Gorō mi aveva raccontato la sua storia. Aveva aggiunto: "Mitsuo, tu e io abbiamo una famiglia sfortunata. Potremmo diventare amici e frequentarci".

– Davvero? Che cosa gli rispondesti?

– Le stesse parole che ho ripetuto anche ieri. "No, grazie. Non mi interessa". Dopo quell'episodio Gorō mi prese in giro davanti ai compagni per il mio nome. E tu mi difendesti, prendendolo in giro per il suo.

Sussurro: – Che memoria...

Socrate miagola. Dico:

– Forse sono stato ancora più disgraziato di Gorō.

– Disgraziato?

Mitsuko mi guarda perplessa. Spiego:

– Mia madre si è innamorata perdutamente di un altro uomo e all'improvviso è sparita dalla nostra vita, mia e di mio padre.

Sospira:

– In effetti ognuno ha la sua storia.

Ricordo quando è nata mia figlia. Osservando Atsuko che baciava la neonata, pensavo a mia madre: "Come ha potuto abbandonarmi così?". Invece mia nonna mi ha amato senza riserve. Mi proteggeva incondizionatamente.

– Mitsuko, vuoi bene a tua madre?

Annuisce:

– Sì, tanto. Andiamo molto d'accordo.

– Sei fortunata.

– Infatti pensiamo di aprire insieme una libreria dell'usato. Anche lei è una grande lettrice.

Esclamo:

– Buona idea! È una bella cosa!

Socrate continua a squadrarmi. Alla fine, le spiego il mio progetto:

– Mitsuko, me ne vado da Nagoya insieme alla famiglia. Vorrei fondare una rivista tutta mia a M.

Tace. Le confesso gli sviluppi della mia situazione matrimoniale e che non potrò più venire qui. Mi risponde:

– Capisco, Mitsuo.

Le trema la voce, ha gli occhi lucidi. Mi si stringe il cuore. L'abbraccio. L'odore del sapone. Abbassa la testa come per rifugiarsi nel mio petto. Le carezzo i capelli, delicatamente:

– Resterai per sempre il mio primo amore.

Le mie lacrime le cadono sulla nuca. Sussurra:

– Grazie ancora per il tuo diario.

Oggi è il mio ultimo giorno alla rivista "N.".

La mattina arrivo come al solito intorno alle nove e mezzo. Non mi resta molto da sbrigare: ho appena fatto il passaggio di consegne al mio successore. Devo solo portare via le mie cose.

Verso mezzogiorno viene a trovarmi il caporedattore. Mi propone di pranzare con lui al ristorante. Mi sorride: – Offro io. Mi piacerebbe parlarti in privato.

Accetto l'invito.

Ci ritroviamo sotto i portici della strada commerciale. È sabato. Molte persone passeggiano con la famiglia. La musica risuona ovunque. Passando davanti al *pachinko-ten* vedo le finestre in alto. È il caffè M. "Addio, Mitsuko."

Il mio capo si ferma davanti a una porta: – Eccoci, vecchio mio.

Sale le scale, lo seguo senza nemmeno vedere

il nome del ristorante. Mentre osservo la parete coperta di legno grezzo, ho la sensazione di un déjà vu. Ah, è questo il posto dove Gorō mi ha visto per la prima volta! Lo insulto in cuor mio: "Bastardo! Se lo incontrassi di nuovo, gli stamperei un pugno in faccia".

Il caporedattore e io ci sediamo in un angolo. Mi provoca:

– Farai davvero l'agricoltore?

– Perché no? Gli affari di mia moglie vanno molto bene.

– Sei un cittadino nato. Non credo che sopravvivrai a lungo in un paese.

Rido:

– Nagoya dista meno di un'ora dal paese. Ogni tanto tornerò.

Lui resta in silenzio per un po'. Non ho ancora parlato a nessuno del mio progetto di fondare una rivista tutta mia nella città di M., molto vicina al villaggio. Mi guarda serio:

– Non pensi di diventare anche free lance o reporter?

– È probabile!

– Allora, ti prego di scrivere anche per la nostra rivista.

La proposta mi incoraggia. Molto contento, rispondo:

– Perché no?

Il caporedattore mi confessa che ha apprezzato molto il mio contributo e ci terrebbe davvero che restassi suo collaboratore.

All'uscita ci separiamo. Continua la strada per incontrare un giornalista. Mi dirigo in ufficio. Devo solo prendere gli scatoloni con le mie cose.

Passo davanti al negozio di musica. Si sente una melodia nostalgica. Mi torna in mente la ninnananna di mia nonna:

Anche stasera, il tuo cuscino è bagnato di lacrime.
Chi sogni? Vieni, vieni a me.
Mi chiamo Azami. Sono il fiore che culla la notte.
Piangi, piangi fra le mie braccia. L'alba è ancora lontana.

Mi trovavo qui quando Gorō mi ha chiamato sussurrando il mio nome. Così è iniziato il mio dramma amoroso. Aveva ragione. Grazie a lui, nel periodo in cui mia moglie e io eravamo una coppia *sexless*, ho potuto incontrare Mitsuko. Con lei ho fatto l'amore come un pazzo, quasi volessi esaurire tutto il mio desiderio sessuale. E, dopo questo incredibile dramma, finalmente ho ricominciato una vita normale con mia moglie, che amo ancora.

Spunto fuori dai portici della strada commerciale. È bel tempo. Il sole splende, ma adesso mi sembra che ci sia meno caldo. Soffia una brezzolina. Si capisce che è l'inizio dell'autunno. Cammino a passo spedito.

In ufficio raduno le mie cose e le carico in macchina. Poi raggiungerò la mia famiglia in campagna.

Quando metto in moto, decido di passare dalla strada in cui Mitsuko vive con il figlio. Non voglio disturbarli. Desidero solo vedere il quartiere dove sono stato unicamente di notte.

Guido piano osservando gli edifici: case, negozi, caffè, ristoranti, librerie. Una normale strada commerciale. Avvicinandomi al ferramenta, rallento ancora. Mentre ci passo davanti, vedo un annuncio affisso alla vetrina. APPARTAMENTO IN AFFITTO. Sono sorpreso: "Si sono trasferiti?".

Parcheggio l'auto all'angolo della strada e vado dal ferramenta.

APPARTAMENTO IN AFFITTO. LIBERO DA SUBITO. Perplesso, leggo la descrizione: "Cucina, due camere, salotto, climatizzatore". Guardo in alto. Le finestre sono oscurate da tende bianche. Resto in piedi smarrito davanti all'annuncio.

La porta del ferramenta si apre ed esce una donna con un grembiule rosso. Avrà una sessantina d'anni. Mi sorride:

– Buonasera. È interessato a prendere in affitto l'appartamento?

Le rispondo senza riflettere:

– Sì, signora. Posso vederlo?

– Certo! Aspetti un attimo, avverto mio marito.

Torna nel negozio. Aspetto fuori. Alzo gli occhi verso il cielo azzurro. "Mitsuko e suo figlio dove sono ora?"

La signora torna con una chiave in mano. La seguo nella stradina accanto all'edificio, che conosco bene. Mi fa qualche domanda sul lavoro e sulla famiglia. Invento che sono impiegato in banca e che siamo in due, mia moglie e io. La signora esclama: – Allora è perfetto per voi! Spero che le piacerà.

Saliamo la scala di ferro nascosta dal cachi. Dall'alto si vede il giardino pieno di fiori di cosmo. Non l'avevo mai notato al buio. È carino. Mi sento strano, come se fosse la prima volta che vengo. La signora mi invita spalancando la porta:

– Entri pure.

Togliendomi le scarpe, penso alle scarpette blu di Tarō. Quasi mi aspetto che Socrate venga ad accogliermi con un miagolio. Innanzitutto, la signora mi fa vedere la cucina:

– È piccola, ma per una coppia va bene, non crede?

– Sì, certo.

Non ci sono più le due sedie, il tavolo, tutti gli attrezzi appesi alla parete sopra l'acquaio, né il telefono. Mi sembra tutto irreale: "Mitsuko era davvero qui?".

Poi la signora mi accompagna nel salotto con due grandi finestre dove c'erano gli *zabuton*. Mi fermo davanti al muro a cui era addossato l'acquario con i pesci tropicali. Mi volto verso di lei:

– Da quanto tempo è libero l'appartamento?

– Solo da una settimana. Gli ultimi inquilini erano una donna e il figlio di quattro anni. Sono rimasti per due anni.

Continua a parlare. Tendo l'orecchio per ascoltare ogni singola parola. Mi dice di aver trovato quella famiglia grazie a una sua conoscenza: la moglie di K., il famoso storico.

La donna sorride:

– Non abbiamo mai avuto problemi con loro.

La interrompo:

– Eppure, il bambino di quattro anni avrà disturbato con le sue grida. No?

Mi lancia un'occhiata strana:

– Era sordomuto. Andava in una scuola per bambini con handicap. Lui e la madre comunicavano con la lingua dei segni.

"Sordomuto, lingua dei segni?" Sono stupito. Rivolgo lo sguardo verso la finestra: Mitsuko non voleva che parlassi poiché il figlio dormiva. D'un tratto mi ricordo ciò che mi aveva detto Gorō al bar X.: "Mitsuko parla inglese, spagnolo e sa perfino la lingua dei segni".

La signora continua:

– È un bambino meticcio, bellissimo e adorabile. Secondo la madre, il padre era europeo. Ma non l'ho mai visto.

"Meticcio? Padre straniero?" Mi sento sempre più disorientato. Mitsuko non mi ha mai fatto vedere le foto del figlio.

Usciamo dal salotto. La signora apre la porta della stanza di sinistra. È la prima volta che la vedo. È la camera in cui dormivano Mitsuko e il bambino. Di fronte c'è una finestra e a destra un *oshiire*. La signora discute del quartiere, ma la ascolto solo distrattamente, perso nei miei pensieri.

Poi apre la porta della stanza a destra, lo "studio" di Mitsuko. Non c'è niente, solo la finestra. La scrivania, la poltrona e i libri che rivestivano le quattro pareti sono scomparsi. E anche il tappeto su cui abbiamo fatto l'amore selvaggiamente. Rivedo Mitsuko mentre prende una busta da un cassetto della scrivania. "Ho un regalo per te!"

La signora mi dice:

– La donna che viveva qui aveva tantissimi libri. Sembrava molto intelligente.

– Che lavoro faceva?

– Era assistente dello storico K. Aveva ottime referenze e l'abbiamo accolta senza problemi.

– Ah, davvero?

Continuo a fingere indifferenza. In genere, racconta, è un'agenzia a occuparsi della gestione degli appartamenti. Ma questa famigliola è stata un caso eccezionale. Il termine "famigliola" mi commuove. Mi si riempiono gli occhi di lacrime. All'improvviso la donna lancia un gridolino:

– Ma è rimasto un libro!

Va verso il fondo. Sulla parete a sinistra della finestra c'è una piccola libreria. Prendendo il libro in mano, sussurra:

– Ah, è la rivista "N.".

Vedo la copertina. È il numero di settembre, quello su cui è pubblicata la lettera che mia moglie ha scritto all'opinionista L. Penso: "Mitsuko deve averla letta". La signora mi chiede:

– Conosce questa rivista?

– Sì. Mi piace molto.

– Anche a me. C'è una rubrica di storia regionale. Mi sembra ottima.

Sorrido senza dire niente. Sfogliando le pagine, si sorprende sottovoce:

– Ma guarda! Un fiore di *azami*... appassito.

Glossario

Azami: cardo.

Bentō (*Obentō*): pasto veloce consumato fuori casa, in un piccolo contenitore a scomparti.

Beef-stew: bœuf bourguignon.

Fūzoku-ten: edifici per servizi sessuali.

Genji-na: indica i soprannomi legati all'opera *La storia di Genji*, che venivano attribuiti alle donne a servizio dei nobili alla corte imperiale. Indica anche i soprannomi che vengono attribuiti alle entraîneuse.

Golden-Week: giorni festivi tra la fine di aprile e l'inizio di maggio.

Izakaya: taverna, bistrot.

Kanji: ideogrammi cinesi.

Kyōju: la più alta carica accademica, professore.

Love-hotel: casa d'appuntamenti.

Miai: incontro combinato in vista di un matrimonio.

On'yomi: fonetica cinese.

Oshiire: armadio a muro per biancheria da camera e vestiti.

Pachinko-ten: sala da *pachinko* (gioco giapponese simile al flipper).

Pink-salon: edificio per servizi sessuali.

Sakaya: negozio o venditore di alcolici.

san: suffisso di cortesia equivalente a "signore", "signora" o "signorina".

Sexless: senza rapporti sessuali. Coppia che non fa l'amore.

Tandaï (*tanki-daïgaku*): studi universitari biennali.

Ukiyo-e: stampa o pittura di genere del periodo Edo.

Video-box: edificio per servizi sessuali.

Yakitori: spiedini di pollo.

Yosomono: straniero/a.

Zabuton: cuscino giapponese usato per sedersi sui tatami.